KB150242

행랑 자식

행랑 자식

초판 1쇄 인쇄 2022년 12월 05일
초판 1쇄 발행 2022년 12월 16일

지은이 · 나도향

펴낸이 · 김하늘
편 집 · 김하연
디자인 · design ME
제 작 · 영신사

펴낸곳 · 아미고 | 출판등록 · 2020년 12월 8일 (제2020-000022호)
주 소 · 경기도 시흥시 해송십리로472-54, 106-1701
전 화 · 070-7818-4108 | 팩스 · 031-624-3108
이메일 · amigo_day@daum.net

• 책값은 뒤표지에 있습니다.
• 파본은 구입하신 서점에서 교환해드립니다.

ISBN 979-11-979985-8-4(03810)

Amigo 함께 읽는 즐거움, 함께 읽는 책 친구

| 일러두기 |
• 나도향의 작품 세계를 엿볼수 있는 단편들을 엄선해 수록했다
• 표기는 작품의 원형을 해치지 않는 선에서 현재의 원칙에 따랐다
• 작가의 의도가 담긴 일부 표현, 방언이나 속어, 옛 표기 등은 되도록 원본을 살렸다
• 한자는 작품 이해에 도움이 될 만한 한자는 병기하였다
• 시대상을 반영하는 표현들이 어려울 수 있으나 상상하며 읽는 재미를 위해 따로 각주로
설명하지 않았다

행랑 자식

나도향 단편집 1

Amigo

소설의 숲속에서 거닐 당신을 위하여

신의 플롯은 완벽하다. 우주는 신의 플롯이다.

-에드거 앨런 포(Edgar Allan Poe)-

소설은 숲입니다. '숲'은 '수풀'의 준말이지요. 무성한 나무들이 들어찬 것, 풀과 덩굴이 한데 엉킨 것을 뜻하지요. 숲에는 숲만 있는 게 아닙니다. 온갖 꽃들, 여기저기 나무를 옮겨 타며 쪼르르 달려가는 청설모, 경중거리며 내달리는 고라니도 있지요. 잠자코 우두커니 버티고 있는 바위와 돌도 있고, 햇살과 달빛이 차례로 내려앉기도 합니다. 숲에 숲만 있는 것이 아닌 것처럼 소설 속에는 줄거리, 구성만 있는 게 아니어서요. 먹먹하거나 코끝이 찡하거나 한동안 아무 말도 할 수 없거나 내면 가득 차오르는 용솟음을 느끼게 됩니다. 어느 한 문장이 오랫동안 영혼의 발목을 붙잡기도 하지요. 그윽한 달빛을 마시는가 하면, 나뭇가지 사이로 스며드는 햇살을 가득 받기도 하지요. 맑은 샘물로 내면의 갈증이 풀어지기도 하고, 명랑하게 흐르는 계곡물을 따라 가랑잎이 되어 떠내려가기도 하지요. 바스락거리는 낙엽 소리에도 놀라 도망가는 사슴, 두 눈을 부라리며 정면을 향해 돌진하는 호랑이, 어린 사자 곁에 머물러 있는 어미 사자이기도 합니다. 저마다의 모습으로 숨 쉬며 다채롭게 모여있는 곳, 그곳이 숲이고 소설입니다.

소설을 읽는 것은 숲을 만나는 것입니다. 숲 안에 살아가는 모든 존재를 만나는 것이지요. 삼라만상을 만나는 것이 바로 소설입니다. 그 안에서 궁극적으로 우리가 만나는 것은 우주를 만든 신의 플롯일 겁니다. 완벽하게 신을 해독한다는 의미가 아닙니다. 그저 신의 옷자락이 마음에 살짝 스치고 지나갈 정도만 해도 엄청난 경험일 겁니다. 그런 체험의 위용은 대단해서 영혼의 지문이 드러나게 되지요. 절대 사라지지 않는 그 각인은 삶의 무늬를 만들어내고, 마음을 채색하게 합니다. 그리하여 어느 날에는 내면에 새겨진 그림을 들여다보며 스스로 감탄하게 되지요. 깊고 넓고 찬란하고 영롱한 갖가지 무늬와 색깔들이 어디에서 비롯되었는지 곰곰이 떠올려보면 바로 '숲'을 상기하게 됩니다. 그렇습니다. 숲!

 묵묵히 제 자리를 지키는 나무와 그 나무를 둘러싼 존재들의 만남이 펼쳐지는 숲. 한 편의 소설은 숲을 만나서 숲의 기운이 내면에 스며들게 합니다. 그 기운으로 삶을 살아내게 하지요. 특히 한국 근대 소설은 아름드리나무가 빽빽한 울창한 숲입니다. 폭풍우와 폭설, 땡볕과 무서리를 꿋꿋이 견뎌낸 까닭에 나무는 우람하기 그지없습니다. 지친 마음을 벗어서 걸쳐놓고 웅크렸던 등을 대고 풀밭 위에 누우면, 하얀 구름 징검다리를 딛고 건너오라고 손짓하는 하늘을 만나게 될 겁니다. 그렇게 한참을 하늘과 눈을 마주하다 보면, 옹졸하고 위축된 어깨가 펴지고 고단했던 눈이 생기로 가득하게 되겠지요. 그렇게 하늘 한 사발을 눈빛과 가슴빛으로 들이킨 다음, 별 것 아니라는 듯 삶의 각질을 툭툭 털어버리고 일어나서 걸어가겠지요. 그럴 때 들려오는 천둥 같은 침묵의 울림은 내 영혼이 기지개를 켜는 것이니, 부디 놀라지 마시기 바랍니다.

2022년 9월
심상시치료센터

목 차

행랑 자식

I

1

어떤 날 춥고 바람 많이 불던 겨울밤이었다. 박 교장의 집 행랑에서 글 읽는 소리가 나더니 꺼져가는 촛불처럼 차츰차츰 소리가 가늘어간다. 그러다가는 다시 옆에서 어린애 입에 젖꼭지를 물리고서 졸음 섞어 꽥 지르는 소리로,

"어서 읽어!"

하는 어머니 소리에 다시 글소리는 굵어진다.

나이는 열두 살, 보통학교 사년급에 다니는 진태라는 아이이니, 그 박 교장의 집 행랑아범의 아들이다. 왱왱 외던 글소리는 단 이 분이 못 되어 다시 사라졌다. 그러고는 동리 집 시계가 열한 시를 치는 소리가 들리더니 사면은 고요하였다.

2

이튿날 날이 밝은 뒤에 보니까 온 마당, 지붕, 나뭇가지에 눈이 함박같이 쏟아졌다. 그런데 아직까지도 눈이 다 끝나지 않고 보슬

보슬 싸라기 눈이 내려온다.

진태는 문 뒤에 세워놓았던 모지랑비를 들고 나섰다. 처음에는 새로 빨아 펼쳐놓은 하얀 요 위에 뒹구는 것처럼 몸 가볍고 마음 상쾌한 기분으로 빗자루를 들었으며, 모지랑비와 약한 자기 팔로써 능히 그 많은 눈을 쳐버릴 줄 알았으나 두어 삼태기를 가까스로 퍼 버리고 나니까 팔이 떨어지는 것 같고 허리가 부러지는 듯하였다. 그러나 아니 칠 수는 없었다. 날마다 아침에 일어나서 마당을 쓰는 것이 자기의 직분이다.

어머니는 안으로 밥을 지으러 들어가고 아버지는 병문으로 인력거를 끌러 나갔다.

한두 삼태기를 개천에 부은 후에 다시 세 삼태기를 들고서 낑낑하면서 개천으로 간다. 두 손끝은 눈에 녹아서 닭 튀해 뜯을 때 발허물 벗겨내듯 빠지는 듯하고 발끝은 저려서 토막을 내는 듯하다. 그는 발을 억지로 옮겨놓았다. 눈 든 삼태기가 자기를 끌고가는 듯하다. 그렇게 그가 길 중턱까지 갔을 때 그의 팔의 힘은 차차 없어지고 다리에 맥이 확 풀리었다. 그래서 그는 손에 들었던 눈 삼태기를 탁 놓치었다. 그러자 누구인지,

"이걸 좀 봐라."

하는 어른의 호령 소리가 바로 자기 머리 위에서 들리자 고개를 쳐들고 보니까 교장 어른이 아침 일찍이 어디를 다녀오시다가 발등에다가 눈을 하나 잔뜩 덮어쓰시고 역정 나신 얼굴로 자기를 내

려다보고 계시다. 진태는 그만 얼굴이 홧홧하여졌다. 그리고 아무 말도 못 하고 그대로 멀거니 서 있었다. 그는 무엇으로 그 미안한 것을 풀어야 좋을지 알지 못하였다. 그러다가 하얀 새버선에 검은 흙이 섞인 눈이 묻어 있는 것을 보고서 자기의 손으로 그것을 털어드리면 얼마간 자기의 죄가 용서되리라 하고서 허리를 구부려 두 손으로 그 버선등을 털어드리려 하였다. 그러나 교장은 한 발을 탁 구르시더니,

"고만두어라, 더 더럽는다."

하시고서,

"엥!"

하시며 안으로 들어가시었다. 진태는 무참하였다. 손에는 어제 저녁에 습자 쓰다가 묻은 먹이 꺼멓게 묻어 있다. 털어드리면은 잘못을 용서하실 줄 알았더니 더 더러워진다 핀잔을 주시고 역정을 더 내시는 것 같다. 그래서 그는 어떻게 해야 좋을지 알지 못하여 그대로 멀거니 서 있었다. 무참을 당하여 얼굴도 홧홧하고 두 손에서는 불이 난다.

그래서 그는 안으로 들어가지 못하고 행랑 자기 방으로 들어가다가 안마루 끝에서 주인마님이,

"아, 그 애 녀석도, 눈이 없는가? 왜 앞을 보지 못해?"

하는 소리를 듣고서는 쥐구멍으로라도 들어가 버리고 싶도록 온몸이 옴츠러졌다. 그리고 또 자기 뒤로 따라 나오며 주먹을 들고

서 때리러 덤비는 자기 어머니가,

"이 망할 녀석, 눈깔을 얻다 팔아먹고 다니느냐?"

하고 덤비는 듯하여 질겁을 하여 방 안으로 들어갔다.

아니나 다를까, 조금 있더니 보기 싫은 젖퉁이를 털럭털럭하면서 어머니가 쫓아 나왔다.

"이 망할 녀석, 눈깔이 없니? 나리 마님 새 버선에다가 그것이 무엇이냐? 왜 그렇게 질뚱바리냐, 사람의 자식이."

어머니는 그래도 말이 적었다. 그러고는 곧 다시 안으로…… 들어갔다.

진태는 간이 콩알만 하게 무서운 것은 둘째 쳐놓고, 웬일인지 분한 생각이 난다. 아무리 생각을 해도 자기 잘못 같지는 않다. 자기가 눈 삼태기를 들고 가는데 교장 어른이 딴생각을 하면서 오시다가 닥달린 것이지 자기가 한눈을 팔다가 그리한 것은 아니다.

그래서 웬일인지 호소할 곳이 없어 그는 그대로 방바닥에 엎드러졌다. 그러고는 고개를 두 팔로 얼싸안고 자꾸자꾸 울었다. 그는 눈물이 방바닥에 떨어지는 것을 알았다. 삿자리 깐 밑으로 흙내가 올라오는 것을 맡았다. 그러고는 어머니도 걱정을 하고 아버지도 걱정을 할 터요, 더구나 아버지가 이것을 알면은 돌짝같은 손에 얻어맞을 것을 생각하매 몸서리가 난다. 그는 신세 한탄할 문자를 모르고 말도 모른다. 어떻든 억울하고 분하였다. 그렇다고 어디 가서 호소할 데도 없었고 분풀이할 곳도 없었다.

그는 방바닥에 한참 엎드려서 느껴 가면서 울고 있을 때 방문이 펄쩍 열리었다. 그는 깜짝 놀랐으나 돌아다보지도 않았다. 그의 생각에는 그 문 여는 사람이 어머니려니 하였다. 그래서 약한마음에 이렇게 우는 것을 보면은 어머니는 나를 위로하여 주려니 하였다. 그래서 어머니가 일어나라고 하기만 기다렸다.

그러나 한참 아무 소리가 없더니,

"애!"

하고 험상스러웁게 부르는 사람은 자기 아버지다. 그는 위로를 받기는커녕 벼락이 내릴 것을 그 찰나에 예감하였다. 그는 눈물이 쏙 들어가고 온몸이 선뜩하였다.

이번에는 꽥 지르는,

"애, 일어나거라, 이것아."

하는 아버지의 성난 얼굴이 엎드린 속으로 보인다. 그는 그러나 벌떡 일어나지는 못하였다. 자기 눈 가장자리에는 눈물이 묻었다. 그 눈물을 보면은 반드시 그 우는 곡절을 물을 터이다. 그 대답을 하면은 결국은 벼락이 내릴 터이다. 그래서 일어나지도 못하고 그대로 있지도 못하고 그의 가슴은 초조하였다.

두 발이 성큼 방 안으로 들어오는 듯하더니 무쇠 갈구리 같은 손이 자기 저고리 동정을 꿰들어 번쩍 쳐들었다. 그는 쇠관에 매달린 쇠고기 모양으로 반짝 들리었다.

"울기는 왜 우니?"

하는 그의 아버지도 자식 우는 것을 볼 때 어떻든 그 눈물을 동정하는 자정慈情이 일어나는지 목소리가 조금 낮아지며 또는 웃음이 섞이었으니 그것은 그 눈물 나는 마음을 위로하려는 본능이다.

"왜 울어?"

대답이 없다.

"글쎄, 왜 우니?"

가슴이 타나 대답할 수는 없었다.

"엄마가 때려주든?"

진태는 고개를 내흔들며 느껴 울었다.

"그러면 왜 우니? 꾸지람을 들었니?"

"아……뇨."

진태는 다시 고개도 흔들지 않았다.

"그럼 왜 울어, 말을 해!"

아버지는 화가 나는 것을 참았다. 그러고는,

"이 자식아! 말을 해라. 왜 벙어리가 되었니? 말이 없게!"

하고서는 무슨 생각을 하였는지 여러 번 타일러 보다가,

"웬일야!"

하고 혼잣말을 하더니 바깥으로 나간다. 그것은 근자에 볼 수 없는 늘어진 성미였다. 아마 어멈에게 물어볼 작정이었던 것이다.

아범은 문밖으로 나갔다. 그러더니 다시 들어오며,

"삼태기 어쨌니? 응, 삼태기?"

하며 안팎으로 들락날락하는 서슬에 안 부엌에서 어멈이 설거지를 하면서,

"왜 아까 진태가 마당을 쓴다고 가지고 나갔는데……"

하고,

"걔더러 물어보구려."

한다. 아범은 화가 나는 듯이,

"그런데 쭉쭉 울고 있으니 무엇이라고 그랬나?"

하며 어멈을 본다.

그러자 안마루에서 마님이 무엇을 보다가 운다는 소리를 듣더니 미안한 생각이 났던지,

"아까 눈인가 무엇인가 친다고 나리 마님 발등에다가 눈을 쏟아뜨렸다네. 그래서 어멈이 말마디나 한 게지."

아범의 눈은 실룩해졌다. 그러고는 잡아먹을 짐승에게 덤비려는 호랑이 모양으로 고개가 쓱 내밀리더니 어깨가 으쓱 올라간다. 그러고는 아무 말 없이 바깥 행랑으로 나간다.

바깥으로 나온 아범은 다짜고짜로 방문을 열어젖뜨렸다. 그의 생각에는 주인의 발등에 눈 덮은 것은 외려 둘째이다. 삼태기 하나 잃어버린 것이 자기 자식을 쳐 죽이고 싶도록 아깝고 분하고 망할 자식이다.

"이 녀석!"

자기 아들을 움켜잡았다.

"이리 나오너라."

진태는 두 손 두 다리를 가슴에다 모으고서 발발 떨면서 자기 아버지만 쳐다본다.

"이 망할 자식, 울기는. 애비를 잡아먹었니, 에미를 잡아먹었니? 식전 아침부터 훌쩍훌쩍 울게."

하더니 돌덩이 같은 주먹이 그의 등줄기를 보기 좋게 울리었다.

"에그 아버지! 에그 아버지!"

하며 볶아치는 소리가 줄을 대어 나왔으나 그 뒷말은 없다. 매를 맞는 진태도 잘못했습니다를 조건 없이 할 수는 없었다.

"무어야, 아버지! 이 녀석, 이 망할 자식"

하고서는 사정없이 들이찬다.

울고 호령하는 소리가 야단스럽게 나니까 어멈이 안에서 뛰어나오며,

"인제 고만두 고만둬요. 요란스럽소."

하고 만류를 하나,

"이게 왜 이래, 가만있어. 저리 가요."

하고 팔꿈치로 뿌리치고는,

"이놈아! 그래 눈깔이 없어서 나리 마님 버선에다가 눈을 들이부어 놓고, 또 무엇에 마음이 팔려서 삼태기를 밖에다가 놓아두어 잃어버리게 했니? 응, 이 집안 망할 자식!"

아범의 손이 자기 아들의 볼기짝, 등어리, 넓적다리 할 것 없이

사정없이 때릴 때마다 어린 살에는 푸르게 멍이 들고 피가 맺힌다.

그러할 때마다 아범의 목소리는 더한층 높아지고 떨리고 슬픔과 호소가 엉키었다. 그는 자기 아들을 때릴 때마다 눈앞에서 자기 손에 매달려 애걸하는 자기 아들이 보이지 않고 안방 아랫목에 앉아 있는 주인 나리가 보인다. 그러고는 자기 아들을 때리는 것 같지 않고 자기 주인 나리를 욕하고 원망하고 주먹질하고 싶었다.

"인제 고만 좀 두."

하는 어멈은 자식을 가로챘다. 그래가지고는 다시 자기 아들을 껴안았다.

3

그날 해가 세 시나 넘어 네 시가 되었다. 진태는 학교에 다녀왔다. 앞대문을 들어오려다가 보니까 새로이 삼태기 하나를 사다 놓았다. 싸리나무로 얽은 누렇고 붉은 삼태기를 볼 때 그의 매 맞은 자리가 다시 아프고 얼얼하다.

툇마루에 걸터앉으니까 어머니는 상에다 밥을 차려가지고 방으로 들어오라고 부른다. 방 안에는 모닥불이 재만 남았는데 인두 하나가 꽂히어 있고, 또 다 삭은 화젓가락과 부삽 하나가 꽂혀있다.

어머니는 누더기 천에다가 작년에 낳은 어린애를 안고서 젖을 먹인다. 어린애는 젖꼭지를 물고서 입을 오물오물하면서 한 손으로 다른 쪽 젖꼭지를 만진다.

진태는 그 동생을 볼 때 말없이 귀여웠다. 그래서 손가락으로 볼따구니도 건드려보고, 어꾸어꾸 혓바닥 소리를 내어서 얼러보기도 하였다.

어린애는 방식 웃었다. 그러고는 젖꼭지를 쑥 빼고서 진태를 돌아다보았다.

어머니는 침착한 얼굴로 어린애의 손가락만 만지고 있더니,

"옛다."

하고 어린애를 내밀면서,

"좀 업어주어라."

하고서 어린애를 곤두세운다. 그러자 진태는,

"밥도 안 먹고?"

하고 밥을 얼른 먹고서 어린애를 업었다. 그러나 진태의 집에는 아직 밥을 짓지 않았다. 어머니는 안에 들어가 밥을 지으려 하기는 해도 우리 먹을 밥은 지으려 하지 않는다.

진태는 어머니가 안으로 들어간 후 어린애를 업고서 방 안으로 왔다 갔다 하면서 밥을 짓지 않으니 아마 쌀이 없나 보다 하였다. 그러고는 아버지가 얼른 돌아와야 할 것이라 하였다.

진태는 뚫어진 창틈으로 바깥을 내다보면서 아버지가 혼자 인

력거를 끌어서 쌀 팔 돈을 가지고 오지나 않나 하고서 고대하였다.

　그래도 미심하여서 그는 쌀 넣어두는 항아리를 들여다보았다. 들여다보니까 겨 묻은 쌀바가지가 콩 빈 시꺼먼 항아리 속에 들어 있을 뿐이다. 진태는 힘없이 뚜껑을 덮고서 섭섭한 마음으로 방안을 왔다 갔다 하였다. 어린애는 등에서 꼼지락꼼지락하고서 두 발을 비빈다.

　'오늘도 또 밥을 하지 못하는구나.'

　하고서 펄떡펄떡하는 문을 열고 쪽마루로 내려왔다. 내려와서는 냄비가 걸려 있는 아궁이 밑을 보았다. 거기에는 타다 남은 푼거리 장작이 두어 개 재 속에 남아 있다.

　그는 다시 장작 갖다 놓아두는 부엌 구석을 보았다. 거기에는 부스러기 나무도 없다.

　바람은 쓸쓸스러운 행랑의 씻은 듯한 살림살이를 핥고 지나가고, 으슴츠름하게 어두워 가는 저녁날은 저녁 못 지을 것을 생각하고 섭섭한 감정을 머금은 진태의 어린 마음을 눈물 나게 한다.

　조금 있다가 어머니는 허둥지둥 나왔다. 아마 부엌에 불을 지피고 나온 모양이다. 진태의 눈에는 아궁이에서 타 나오는 장작불을 한 발로 툭툭 차 넣던 어머니의 짚세기 발이 보인다.

　어머니는 나오면서 등에 업힌 어린애를 보더니,

　"에그 추워! 저런, 무엇을 좀 씌워주려무나?"

하고서,

"남바위 어쨌니? 손이 다 나왔구나."

하더니 방으로 들어가 진태가 돌에 쓰던 것이니까 십 년이나 되는 남바위를 들고 나온다. 털은 다 떨어지고 비단은 다 삭았다.

어머니는 그것을 어린애를 씌워주고 다시 문밖을 내다보고 오분이나 서 있었다. 진태는 그 서 있는 의미를 짐작하였다. 아버지 돌아오기를 기다리는 것이다.

그러다가 어머니는 갑자기 덜미에서 누가 딱 하고 놀래는 것처럼 깜짝 놀라며 다시 안으로 들어가려고 돌아섰다. 그때 진태는,

"저녁 하지 않우?"

하고서 어머니 뒤를 따라 들어갔다. 어머니는 화가 나고 초조하던 판에,

"밥도 쌀이 있고 나무가 있어야지!"

하고 소리를 꽥 지른다. 진태 잔등에 업혀 있던 어린애가 깜짝 놀라며 와아 운다.

진태는 어린애를 주춤주춤 추슬러 달래면서 아무 말 못 하고 섰었다.

어머니는 다시 안으로 들어갔다. 진태도 따라 들어갔다. 그러고는 부엌 앞에 앉아서 불을 넣고 앉았었다.

4

날이 어두웁고 전깃불이 켜지었으나 밥을 하지 못하였다.

그리고 아버지도 아직 돌아오지를 않는다. 진태 어머니는 상을 차려드리고 바깥으로 나오려고 하니까 마님이,

"어멈."

하고 부르신다.

"네."

하고서 어멈은 문을 열려다가 다시 돌아다보았다.

"오늘 저녁을 하였나?"

어멈은 조금 주저주저하다가,

"먹을 것 있어요."

하고서 부끄러운 웃음을 웃었다.

"아범 들어왔나?"

"아즉 안 들어왔어요."

"그럼 저녁도 짓지 못하겠네그려."

어멈은 아무 말도 없었다. 마님은 벌써 알아채고서,

"그래서 되겠나? 어린것들이 견디겠나."

하고서,

"자, 이것이나……."

하고서 상 끝에 먹다 남은 밥을 이 그릇에서 저 그릇으로 모아 놓으면서,

"그놈도 들어오라구 그래, 불도 안 땐 모양이지? 추어서들 견디겠나. 어른은 괜찮겠지마는 어린애들이……."

하고서,

"어서 그놈도 들어오라고 해!"

하며 어멈을 쳐다본다. 어멈은 다행히 여겨 바깥으로 나오며,

"애, 진태야!"

하며 진태를 부른다.

"왜 그러세요?"

진태는 문밖에 섰다가 문 안으로 들어오며 묻는다.

"들어가자."

"어디로?"

"안으로 말야. 마님이 밥 먹으러 들어오라신다."

진태의 얼굴은 당장에 새빨개지더니,

"왜 아버지 들어오시거든 밥을 지어 먹지."

"어디 들어오시니."

"언제든지 들어오시겠지."

"들어가— 부르시니."

진태는,

"싫어요."

하고서 돌아섰다. 진태의 마음에는 아까 아침에 나리의 버선등을 더럽힌 것을 생각하매 다시 마님의 낯을 뵈옵기도 부끄러웁거니와, 아무것도 잘못한 것이 없는데 아버지에게 매를 맞게 한 것이 분하기도 하였다. 그런 데다가 안방에는 자기와 동갑 되는 교장의 딸이 자기와 같은 학교 여자부에 다니는데 그 계집애 보기에 매 맞은 것이 부끄럽다.

"애! 나중에는 별소리를 다 듣겠네, 어서 들어가자."

어머니는 재촉을 한다.

"어서 들어가."

진태는 심술궂게,

"싫어요. 나는 밥 얻어먹으러 들어가기는 싫어요!"

하고 소리를 질렀다.

"빌어먹을 녀석, 기다리셔! 안에서……."

"기다리시거나 말거나 나는 안 들어가요."

어멈 마음에도 자기 아들의 말하는 것이 잘못이 아니었다. 그리고 꾸짖기는 고사하고 동정할 만한 일이었으나, 그래도 당장에 배고파할 것과 또는 자기도 밥을 먹어야만 어린애 젖을 먹일 것이다. 그래서 자기 아들의 굳은 의지를 어머니 된 위력으로 꺾지 않을 수 없었다.

"안 들어갈 터이냐?"

그 말을 하고 부지깽이를 찾는 척할 때 그는 웬일인지 하지 못할 짓을 하는 비애를 깨달았다.

"싫어요."

진태는 우는소리로 거절하였다.

"싫으면 밥 굶을 터이냐?"

"굶어도 좋아요."

"어디 보자. 어린애나 이리 내라."

어린애를 안고서 어머니는 안으로 밥을 얻어먹으러 들어갔다. 그러나 진태는 방에 들어가 깜깜한 속에 드러누워 있었다.

그날 어째 그렇게도 넓고 분하고 쓸쓸한지 모르겠다. 어째 이런가 하는 생각이 난다. 그리고 아버지나 얼핏 들어왔으면 좋겠다 하였다.

십 분이 못 되어 어머니는 다시 나왔다.

"애."

하고 문을 열고 고개를 들이밀며,

"마님이 들어오라신다. 어서어서."

진태는 그대로 누운 채 다시 돌아누우며,

"싫어요, 안 들어가요."

"나리가 걱정하셔."

"싫어요, 글쎄."

어멈은 다시 들어갔다. 그리고 오 분이 못 되어 또 나오는 소리가 들렸다. 그러더니 이번에는 문을 열고서,

"그럼, 옜다!"

하고 무엇을 내민다.

진태는 방바닥이 차디차고 찬 바람이 문틈으로 스쳐 들어오는 것을 막기 위하여 이불을 내리덮고 새우잠을 자다가 어머니 소리를 듣고서,

"무엇예요?"

하다가 얼른 속소리를 잡아당겼다.

"자! 밥이다. 먹고 드러누워라. 이 추운데 저것이 무슨 청승이냐"

진태는 온 전신을 사를 듯이 부끄러운 감정이 확 흐르며,

"글쎄 싫다니까 안 먹어요. 먹기 싫어요."

어머니는 들어왔다. 진태를 밀국수 방망이 밀듯이 흔들흔들 흔들면서 타이르고 간청하듯이,

"일어나거라 응! 일어나."

진태는 더욱 담벼락으로 가까이 가며,

"싫어요. 나는 배고프지 않어요."

하고서 고개를 이불로 뒤어쓰고 아무 말이 없다.

"고만두어라. 너 배고프지 나 배고프겠니?"

하고서 그대로 안으로 들어가려 할 때,

"엣 추워."

하고서 들어오는 사람은 자기 아버지다. 어멈과 아범은 맞닥뜨렸다.

"이건 눈깔이 빠졌나, 엑구 사—"

하며 아범이 소리를 질렀다.

"어두워서 보이지 않는구려."

하고서 여성답게 미안한 어조로 어멈은 말을 한다. 이 한번 닥뜨린 것이 빈손으로 들어오는 자기 남편을 몰아세울 만한 용기를 꺾어버리었고, 주머니 속이 비어 있는 아범은 또한 큰소리를 할 만한 용기를 줄게 하였다.

"어떻게 되었소?"

"무엇이 어떻게 돼! 큰일 났어, 큰일! 벌이가 있어야지. 저녁은 어떻게 했나?"

"여보! 그 정신 나간 소리는 좀 두었다 하우. 무엇으로 저녁을 해요?"

아범은 아무 소리 못 하고 방 안으로 들어갔다. 진태는 일어나 앉았다. 그러고는 속으로 반갑기는 그만두고 한 가닥의 희망까지 끊어져 버리었다.

"그럼 어떻게 하나?"

아범은 불 켤 것도 생각지 않고서 한탄을 한다.

"그래 한 푼도 없소?"

"아따, 이 사람, 돈 있으면 막걸리 먹었게."

막걸리라는 소리가 어멈의 성미를 거웠다.

"막걸리가 무어요? 어린 자식들은 추운 방에서 배들이 고파서

덜덜 떠는데 그래도 막걸리요? 그렇게 막걸리가 좋거든 막걸리 장수 마누라나 하나 데불고 살거나 막걸리 독에 가서 거꾸로 박히구려. 그저 막걸리 막걸리 하니 언제든지 막걸리 신세를 갚고야 말 터이야, 저러다가는……."

"글쎄 그만둬요, 또 여호 모양으로 톡톡거려. 엥, 집에 들어오면 여편네 꼴 보기 싫어서."

하고 입맛을 쩍쩍 다신다.

진태는 옆에서 그 꼴만 보다가 불을 켜고 있었다.

"그럼 저녁을 먹어야지."

하고서 아범은 꽤 시장한 모양으로 없는 궁리를 하려 하나 아무 궁리도 없다.

"이것이나 먹구려."

하고 어멈은 진태를 주려고 국에다 만 밥을 내놓으니까,

"그게 무어야?"

하고 숟가락으로 두어 번 떠먹어 보더니,

"너 저녁 먹었니?"

하고서 진태를 돌아다본다. 진태는 말을 하려야 할 수도 없거니와 말하기도 전에 어멈이,

"안 먹었다우."

하고 진태를 책망도 하고 원망도 하는 듯이 흘겨보았다.

"왜?"

하고 아범은 숟가락을 든 채로 그대로 있다.

"누가 알우, 먹기 싫다는 것을."

"그럼 배고프겠구나."

하고서 밥그릇을 내놓으면서,

"좀 먹으련?"

하니까 진태는,

"싫어요."

하고서 멀리 피해 앉는다.

"왜 그러니?"

"먹을 마음이 없어요."

삼십 분쯤 지났다. 문밖에서 어멈이,

"진태야! 진태야!"

하고 부른다. 진태는 그 부르는 어조가 너무 은밀한 듯하므로,

"네."

대답 한 번에 바깥으로 나갔다. 어머니는 대문간에 손에다가 무엇인지 가느다란 것을 쥐고 서 있다.

"저⋯⋯."

하고 어머니는 헝겊에 싼 그것을 풀더니,

"이것 가지고 전당국에 가서 칠십 전이나 팔십 전만 달래가지고 싸전에 가 쌀 닷곱만 팔고 나무 열 냥어치만 사가지고 오너라."

한다.

진태는 얼른 알아채었다. 옳지! 은비녀로구나. 자기 집안에 값진 것이라고는 어머니 시집올 때 가지고 온 그 비녀 하나하고 굵다란 은가락지뿐이다.

진태는 그것을 받아 들었다. 그러고는 전당국을 향하여 간다. 전당국이 잡화상 옆에 있는 것이 제일 가까웁고 조금 내려가면 이발소 윗집이 전당국이다. 그러나 첫째 집은 가지를 못한다. 그것은 그 전당국 주인의 아들이 자기하고 같은 학교를 다니니까 만일 들키면 창피할 것이요, 부끄러울 것이다. 그래서 그 집을 남겨놓고 먼저 아래 전당국으로 가리라 하였다. 그는 팔짱을 끼고 웅숭그리고서 전당국으로 들어가려 하니까 어째 누가 손가락질을 하는 것 같고 구차함을 비웃는 듯하다. 그리고 그 전당국 주인까지도 자기의 구차한 것을 호령이나 할 듯이 싫을 것 같다. 그러나 눈 딱 감고 들어가려 하는데, 문간에다가 기중忌中이라 써 붙이고 문을 닫아버렸다.

'기중'

사람이 죽었구나 하고서 생각하니 그 몇 분 동안에 자기 마음이 긴장되었던 것은 풀려진다. 그러면 이번에는 하는 수 없이 그 동무 아버지의 전당국으로 가야 하겠다.

한 발자국이라도 더디게 떼어놓아 그 전당국으로 들어설 때 가슴은 거북하고 머리에는 열이 올라와서 흐리멍덩하다.

기웃이 들여다보니까 아무도 없다. 혹시 동무 학동이나 만나지 않을까 하였더니 사무 보는 어른이 한 분 앉아 있고 아무도 없어 아주 다행이다.

그는 정거장 표 파는 데처럼 철망으로 얽고 또 비둘기 창구멍처럼 뚫어놓은 곳으로 은비녀를 디밀었다. 신문을 보던 사무 보는 어른이 한번 흘겨보더니,

"무엇이냐?"

하고서 소리를 꽥 지른다.

"이것 잡으세요?"

하는 소리는 떨리고 가늘었다. 사무 보는 이는 아무 말 없이 그것을 받아 들더니 저울에다가 달아본다.

진태는 속마음으로 만일 저것을 잡지 않으면 어떻게 하나? 나쁜 것이라고 퇴짜를 하면은 어떻게 하나 하고 있을 때,

"얼마나 쓰련?"

하고 돈을 묻는다. 그는 겨우 안심을 하고서 돈을 말하려다가 자기가 부르는 돈보다 적게 주면 어떻게 하나 하고서 도리어 그이더러,

"얼마나 나가요?"

하고 물었다. 그는 한참 있더니,

"일 원이다."

한다. 그러면 자기 어머니가 얻어 오라는 것보다는 삼사십 전이 더하다. 그는 겨우 안심을 하고서,

"칠십 전 주세요,"

하였다.

"네 이름이 무엇이냐?"

전당표에 이름이 쓰이는 것은 좋지 못하나 하는 수 없이 이름을 대었다.

사무 보는 이가 전당표를 쓰는 동안에 진태는 왔다 갔다 하였다. 그러고서 남에게는 전당 잡으러 온 체하지 않으려고 사면을 둘러보며 군소리를 하였다.

진태가 바깥을 내다볼 때 누구인지 덜미에서,

"진태냐?"

하는 어린애 소리가 들렸다. 그가 얼른 돌아다보니 거기에는 그 집 주인의 아들이 반가워 맞으며,

"어째 왔니?"

하며 나온다. 진태는 달아나고 싶었다. 그러고는 될 수만 있으면 돈도 그만두고 피해 가고 싶었다.

"내일 산술 숙제 했니?"

어쩌면 그렇게 다정하게 물으랴? 그러나 진태는,

"아니."

하고서 고개를 내저었다. 그의 얼굴은 진홍빛같이 붉어졌다.

"애, 큰일 났다. 나는 조금두 할 수가 없어!"

그의 말소리는 진태의 귀에 조금도 안 들린다. 내일 숙제는 고만

두고 내일 학교에 가면 반드시 여러 동무들이 흉들을 볼 터이요, 또는 놀려대임을 당할 것이다. 그리고 그의 앞에는 커다란 수남이가 보이며, 장난에 괴수요 판잔 잘 주고 못살게 굴기 잘하는 그 불량한 학생이 보인다.

전당표와 돈을 받아 들었다. 이제는 싸전으로 갈 차례다. 석 되나 닷 되나 한 말 쌀을 파는 것은 오히려 자랑거리지마는 닷곱은 팔기가 참으로 부끄럽다. 구차한 것이 죄악은 아니지마는 진태에게는 죄지은 것처럼 부끄럽다. 그는 싸전에 가서 종이 봉지에 쌀 닷곱을 싸 들었다. 첫째 싸전쟁이가,

"왜 전대를 가지고 오지 않았어?"

꽥 소리를 한번 지르더니 딴 사람의 쌀을 다 퍼 주고야 종이 봉지 하나가 아까운 듯이 가까스로 닷곱 한 되를 퍼 주었다.

돈을 주고 나왔다. 쌀 든 손은 얼어서 떨어지는 듯하다. 한 손으로 귀를 녹이고 또 한 손으로는 번갈아 가며 쌀 봉지를 들었다.

이번에는 나무 가게로 갈 차례다. 나무 가게로 갔다. 이십 전 어치를 묶었다. 그것을 새끼에다 질빵을 지어서 둘러메고 쌀은 여전히 옆에다 끼었다. 행길로 고개를 숙이고 가다가는 어깨가 아프고 손 발 귀가 시려서 잠깐 쉬다가 저쪽을 보니까 자기 집 들어가는 골목을 조금 못 미쳐서 학교 선생님 한 분이 오신다.

진태는 얼핏 일어났다. 그리고 선생님이 골목까지 오시기 전에 먼저 그 골목으로 들어가야 하겠다 하였다. 그러고는 줄달음질하

였다. 선생님은 아무것도 둘러메시었을 리가 없으므로 걸음이 속하시다. 자기는 힘에 겨운 것을 둘러메었으니 또한 걸음이 더디다. 거의 선생님과 맞닥뜨리게 되었다. 그래서 앞도 보지 않고 골목으로 뛰어 들어가다가 거기서 나오는 사람과 마주쳤다.

"에쿠!"

하면서 손에 들었던 쌀이 모두 흩어지고 나무는 어깨에 멘 채 나가자빠졌다.

"이 망할 집 자식! 눈깔이 없니?"

하고 들여다보는 그이는 자기 아버지다. 진태는 그래도 뒤돌아보았다. 벌써 선생님은 본체만체 지나가 버리시었다.

"이 망할 자식아, 쌀을 이렇게 흩트러서 어떻게 해?"

하며 아버지는 두 손으로 껌껌한 데서 그것을 쓸어서 바지 앞에다 담는다.

진태는 멍멍히 서 있다가 아버지에게 끄을려 집으로 들어갔다.

집에 들어가니까 어머니가 얼마나 받았으며 얼마나 썼으며 얼마나 남았느냐고 묻는다. 진태는 그 소리를 듣고서 전당표를 주었다.

그러고는 자세한 이야기를 하였다.

그러나 어머니는 진태의 잘잘못을 따지지 않았다. 유일한 보물을 전당을 잡혀서 팔아 온 쌀까지 땅에다 모두 엎질러 버린 것을 생각하매 그대로 있을 수 없을 만치 아깝고 분하다. 그래,

"이 망할 녀석, 먹으라는 밥은 먹지 않아서 밥이나 먹고 자라고

하겠더니……."

하고서 주먹을 들고 덤벼들며,

"어디 좀 맞아보아라!"

하고서 또다시 덤벼든다. 진태는 아무것도 변명하지 않았다. 그러나 하루에 두 번씩 매를 맞게 되니까 무엇이 원망스럽고 또 무엇을 저주하고 싶었으나 그것이 무엇인지 알지 못하였다. 그래서그는 한참 얻어맞고 혼자 울었다. 그는 위로해 주는 사람 하나 없고 쓰다듬어 주는 사람 하나 없었다.

그는 방구석에 틀어박혀서 한참 울다가 그대로 잠이 들었다. 억울한 꿈을 꾸면서……

별을 안거든 우지나 말 걸

|

— 건반 위에 피곤한 손을 한가히 쉬이시는 만하晚霞 누님에게 한 구절 애달픈 울음의 노래를 드려볼까 하나이다.

1

저는 이 글을 쓰기 전에 우선 누님 누님 누님 하고 눈물이 날만치 감격에 떨리는 목소리로 누님을 불러보고 싶습니다.

그것도 한낱 꿈일까요? 꿈이나 같으면 오히려 허무로 돌리어 보내일 얼마간의 위로가 있겠지만 그러나 그러나 그것도 꿈이 아닌가 하나이다. 시간을 타고 뒷걸음질 친 또렷하고 분명한 현실이었나이다. 저의 일생의 짧은 경로의 한 마디를 꾸미고 스러진 또다시 있기 어려운 과거이었나이다.

그러나 꿈도 슬픈 꿈을 꾸고 나면 못 견딜 울음이 북받쳐 올라오는데, 더구나 그 저의 작은 가슴에 쓰리고 아픈 전상箭傷을 주고 푸른 비애로 물들여 주고 빼지 못할 애달픈 인상을 박아준 그 몽롱한 과거를 지금 다시 돌아다볼 때 어찌 눈물이 아니 나고 어째 가슴이 못 견디게 쓰리지 않을 수가 있을까요?

그러나 멀리멀리 간 과거는 어쨌든 가버리었습니다. 저의 일생을 꽃다운 역사, 행복스러운 역사로 꾸미기를 간절히 바라는 바가 아닌 게 아니지마는 지나갔는지라 어찌할까요. 다시 뒷걸음질을 칠 수도 없고 다만 우연히 났다 우연히 사라지는 우리 인생의 사람들이 말하는 바 운명이라 덮어버리고 다만 때 없이 생각되는 기억의 안타까움으로 녹는 듯한 감정이나 맛볼까 할 뿐이외다.

2

그날도 그전과 같이 고개를 숙이고 무엇을 생각하였는지 몽롱한 의식 속에 C동 R의 집을 갔었나이다. R는 여전히 나를 보더니 반가워 맞으면서 그의 파리한 바른손을 내밀어 악수를 하여 주었나이다. 저는 그의 집에 들어가 마루 끝에 앉으며,

"오늘도 또 자네의 집 단골 나그네가 되어볼까?"

하고 구두끈을 끄르고 안으로 들어가 모자를 벗어 아무 데나 홱 내던지며 방바닥에 가 펄썩 주저앉았다가 그의 외투 주머니에 손을 넣어 담배 한 개를 꺼내어 피워 물었나이다.

바닷가에서는 거의거의 그쳐가는 가늘은 눈이 사르락사르락 힘없이 떨어지고 있었나이다.

그때 R는 얼굴은 어째 그전과 같이 즐겁고 사념邪念 없는 빛이 보이지 않고 제가 주는 농담에 다만 입 가장자리로 힘없이 도는 쓸쓸한 미소를 줄 뿐이었나이다. 저는 그것을 보고 아주 마음이 공연히 힘이 없어지며 다만 멍멍히 담배 연기만 뿜고 있었나이다.

R는 무엇을 생각하였는지 멀거니 앉았다가,

"DH,"

하고 갑자기 부르지요. 그래 나는,

"왜 그러나?"

하였더니,

"오늘 KC에 갈까?"

하기에 본래 돌아다니기 좋아하는 저는 아주 시원하게

"가지."

하고 대답을 하였더니 R는 아주 만족한 듯이 웃음을 웃으며,

"그러면 가세."

하고 어디 갈 것인지 편지 한 장을 써가지고 곧 KC를 향하여 떠났나이다.

KC가 여기서부터 육십 리, R의 말을 들으면 험한 산로를 넘어가지 않으면 안 된다 하지요. 그리고 벌써 열한 시나 되었으니 거기를 가자면 어두워서나 들어갈 곳인데 거기다가 오다가 스러지는 함박눈이 태산같이 쌓였나이다.

어떻든 우리는 떠났나이다. 어린아이들같이 기꺼운 마음으로 뛰어갈 듯이 떠났나이다.

우리가 수구문에서 전차를 타고 왕십리 정류장에 가서 내릴 때에는 검은 구름이 흩어지기를 시작하고 눈이 부신 햇발이 구름 사이를 통하여 새로 덮인 흰 눈을 반짝반짝 무지갯빛으로 물들었었나이다. 저는 그 눈을 밟을 때마다 처녀의 붉은 입술 사이에서 때

없이 지저귀는 어린 꾀꼬리의 그 소리같이 연하고도 애처롭게 얼크러지는 듯한 눈 소리를 들으며 무슨 법열 권내에 들어나 간 듯이 다만 R의 손만 붙잡고 멀리 보이는 구부러진 넓은 시골길만 내려다보며 천천히 걸어갔을 뿐이와다.

그러나 R의 기색은 그리 좋지 못하였나이다. 무슨 푸른 비애의 기억이 그를 싸고 돌아가는 것같이 그의 앞을 내다보는 두 눈에는 검은 그림자가 덮여 있는 듯하였나이다. 그리고 때때 내가 주는 말에 대답도 하지 않고 보이지 않게 가벼운 한숨을 쉬며 그의 괴로운 듯한 가슴을 내려앉혔나이다.

때때 거리거리 서울로 향하여 떠들어온 시골 나무장수의 소몰이 소리가 한적한 시골의 가만한 공기를 울리어 부질없이 뜨겁게 돌아가는 저의 핏속으로 쓸쓸하게 기어 들어올 뿐이었나이다.

넓고 넓은 벌판에는 보이는 것이 눈뿐이요, 여기저기 군데군데 서 있는 수척한 나무가 보일 뿐이었나이다. 저는 이것을 볼 때마다 저— 북쪽 나라를 생각하였으며 정처 없는 방랑의 생활을 생각하였나이다.

그리고 지금 우리 두 사람이 방랑의 길을 떠난다고 가정까지 하여보았나이다. R는 다만 나의 유쾌하게 뛰어가는 것을 보고 쓸쓸한 웃음을 웃을 뿐이었나이다.

우리가 SC강을 건널 때에는 참으로 유쾌하였지요. 회오리바람만이 이 귀퉁이에서 저 귀퉁이로 저 귀퉁이에서 이 귀퉁이로 획획

불어갈 때에 발이 빠지는 눈 위로 더벅더벅 걸어갈 제 은싸라기 같은 눈가루가 이리로 사르락 저리로 사르락 바람에 불려가는 것은 참으로 끼어안을 듯이 깜찍하게 귀여웠나이다. 우리는 그 눈 덮인 모래톱으로 두 손을 마주 잡고 하나 둘을 부르며 달음질을 하였나이다. 그리고 또다시 SP강에 다다랐을 때에는 보기에도 무서워 보이는 푸른 물결이 음녀의 남치맛자락이 바람에 불리어 그의 구김살이 울멍줄멍하는 것같이 움실움실 출렁출렁하고 있었습니다.

우리는 나룻배를 타고 그 강을 건너 주막거리에서 점심을 먹을 때에 R이 나에게 말하기를

"술 한잔 먹으려나?"

하기에 나는 하도 이상하여,

"술!"

하고 아무 소리도 못 하였습니다. 여태까지 술을 먹을 줄 모르는 R이 자진하여 술을 먹자는 것은 한 가지 이상한 일이었나이다.

KC를 무엇하러 가는지도 모르고 가는 저는 또한 R이 술 먹자는 것을 또다시 그 이유까지 물어볼 필요가 없었나이다.

그는 처음으로 술을 먹었나이다.

우리는 또다시 걸어 나갔나이다. 마액魔液은 그 쓸쓸스러운 R을 무한히 흥분시켰나이다. 그는 팔을 내저으며 목소리를 크게 하여 말하기를 시작하였나이다. 그는 나의 손을 힘 있게 쥐며,

"DH"

하고 부르더니 무슨 감격한 듯한 어조로,

"날더러 형님이라고 하게"

하고 조금 있다가 다시,

"나는 DH를 얼마간 이해하고 또한 어디까지 인정하는데"

하였나이다.

아, 얼마나 고마운 소리일까요? 저는 손아래 동생은 있어도 손위의 형님을 가질 운명에서 나지를 못하였나이다. 손목 잡고 뒷동산 수풀 사이나, 등에 업고 앞세워 물가로 데리고 다녀줄 사람이 없었나이다. 무릎에 얼굴을 비벼가며 어리광 부려 말할 사람이 없었나이다. 다만 어린 마음 외로운 감정을 그렁저렁한 눈물 가운데 맛볼 뿐이었나이다.

그리고 할아버지나 할머니의 머리를 쓰다듬어 주시는 부드러운 사랑을 맛보지 못하였나이다. 그리고 아버지 어머니는 본래 젊으시니까—

그리고 어려서부터 오늘까지 지낸 과거를 생각하여 보면 웬일인지 한 귀퉁이 가슴속이 메인 듯해요.

그런데 '형님'이라 부르고 '아우'라고 부르라는 소리를 듣는 저는 그 얼마나 기꺼웠을까요? 그 얼마나 반가웠을까요. 그리고 나를 이해하고 나를 얼마간일지라도 인정하여 준다는 말을 들은 나는 그 얼마나 감사하였을까요.

그러나 그 감사하고 반갑고 기꺼운 말소리에 나는 얼핏 '네' 하지 아니하였나이다.

그 '네' 하지 않은 것이 잘못일는지 잘못 아닐는지 알 수 없으나 어찌하였든 저는 '네' 소리를 하지 못하였습니다. 그러면 그것이 나를 이해하고 나를 인정하여 주는 그 R의 마음을 더 슬프게 하였는지 더 무슨 만족을 주었을는지 알 수 없으나 나는 거기에 이렇게 대답을 하였나이다.

"좋은 말이오. 우리 두 사람이 어떠한 공통 선상에서 서로 인정하고 서로 이해함을 서로 받고 주면 그만큼 더 행복스러운 일이 없지. 그러하나 형이라 부르거나 아우라 부르지 않고라도 될 수 있는 일이 아닐까? 도리어 형이라 아우라는 형식을 만들 것이 없지 아니하냐?"

고 말을 하였더니 그는 무엇을 깨달은 듯이,

"딴은 그것도 그렇지."

하고 나의 손을 더 힘 있게 쥐었나이다.

3

금빛 나는 종소리가 파랗게 개인 공중을 울리우고 어디로 사라져버리는지? 그렇지 않으면 온 우주에 가득 찬 에테르를 울리며 멀리멀리 자꾸자꾸 끝없이 가는지, 어떻든 그 예배당 종소리가 우두

커니 장안을 내려다보는 인왕산 아래 붉은 벽돌집에서 날 때 저와 R는 C 예배당으로 들어갔나이다.

그때에 누님도 거기에 앉아 계시었지요. 그리고 그 MP 양도……:

처음 보지 않는 MP 양이지마는 보면 볼수록 그에게서 볼 수 있는 것이 자꾸자꾸 변하여 갔나이다. 지난번과 이번이 또 다르지요. 지난번 볼 때에는 적지 않은 불안을 가지고 그 여성을 보았습니다. 그리고 얼마간의 낙망을 가지고 보았을는지도 모르지요. 그러나 이번의 그를 볼 때에는 웬일인지 그에게서 보이지 않게 새어 나오는 무슨 매력이 나의 온 감정을 몽롱한 안개 속으로 헤매이는 듯하게 하였나이다.

그리고 그의 육체의 미도 지난번 볼 때에는 어째 흙냄새가 나는 듯이 누런 감정을 나에게 주더니 오늘에는 불그레하게 황금색이 나는 빛을 나에게 던져주더이다. 그리고 그 황금색이 농후한 액체가 평평한 곳으로 퍼지는 듯이 점점점점 보이지 않게 변하여 동색銅色의 붉은빛으로 변하고 나중에는 어여쁜 처녀의 분홍 저고리 빛으로 변하기까지 하였나이다.

그리고 그가 고개를 돌릴 듯 돌릴 듯 할 때마다 나의 전신의 혈액은 타오르는 듯하고 천국의 햇발 같은 행복의 빛이 나의 온몸 위에 내리붓는 듯하였나이다.

그리고 한 시간밖에 안 되는 예배 시간이 나의 마음을 공연히 못살게 굴었나이다.

어찌하였든 예배는 끝이 났지요. 그리고 나와 R는 바깥으로 나왔지요. 그때 누님은 나를 기다리었지요. 그리고 저와 누님은 무슨 이야기든가 그 이야기를 할 때 아아, 왜 MP 양이 누님을 쫓아오다가 저를 보고 부끄러워 고개를 돌리며 저편으로 줄달음질쳐 달아났을까요?— 그렇지 않다는 그 MP 양아—누님, 그 MP 양이 고개를 돌리고 줄달음질을 하거나 부끄러워 얼굴빛이 타오르는 저녁 노을빛 같거나 그것이 나에게 무엇이 되겠습니까?

그러나 왜 나를 보고 그리하였을까요? 아마 다른 남성을 보고는 그리 안 했을 터이지요? 그리고 그 줄달음질하여 저쪽으로 돌아가서는 그의 마음이 어떠하였을까요? 더욱 부끄럽지나 아니하였을까요? 그렇지 않으면 후회하는 마음이 나지나 아니하였을까요?

어떻든 그것이 나에게 준 MP의 첫째 인상이었나이다. 그리하고 환희와 번뇌의 분기점에 나를 세워놓은 첫째 동기였나이다.

저는 언제든지 이 시간과 공간을 떠날 날이 있겠지요. 그러나 그 깊이 박힌 인상은 두렵건대 그 시간과 공간에 영원한 흔적을 남겨줄는지요?

4

사랑하는 누님, 왜 나의 원고는 도적질하여 갖다가 그 MP 양을 보게 하였어요? 그 MP 양이 그 글을 보고 얼마나 웃었을까요?

아아, 그러나 그 누님의 나의 원고를 도적하여다가 그 MP 양을 보게 한 것이 나의 마음을 얼마나 즐거웁게 하였을까요?

누님의 도적질한 것은 그것을 죄를 정할까요. 상을 주어야 할까요? 저는 꿇어 엎디어 절을 하겠습니다. 그리고 천국의 문을 열어 드릴 터입니다.

그런데 그 원고 ○○○이라 한 끝에 서투른 필적이 새로 생기었어요. 그리고 지울 수도 없는 잉크로 나의 글씨를 흉내를 내인 것인지 그렇지 않으면 그의 필적을 자랑하려 한 것인지? 그렇지만 그런 것은 아니겠지. 그렇지요, 그렇지는 않지요. 그러나 나의 원고를 더럽힌 그에게는 무엇이라 말을 하여야 좋을까요?

그러나 그러나 그 필적은 나의 가슴에 무엇인지를 전하여 주는 듯하였나이다. 사람의 입으로나 붓으로는 조금도 흉내 낼 수 없는 그 무엇을 전하였더이다. 다만 취몽 중에 헤매이는 젊은이의 가슴을 못살게 구는 그 무엇을?

5

고맙습니다. 누님은 그 MP 양과는 또다시 더 어떻게 할 수 없는 형제와 같다 하였지요? 그리고 서로서로 형님 아우 하고 지낸다지요. 저는 다만 감사할 뿐이외다. 그리고 영원한 무엇을 바랄 뿐이외다. 그러나 저에게는 그 누님과 MP 사이를 얽어놓은 형제라 하는 형식의 줄이 나를 공연히 못살게 구나이다. 그리고 모든 불안과 낙망 사이에서 헤매이게 하나이다.

누님의 동생이면 나의 누이지요. 아니 나의 누님이지요.—그 MP 양은 나보다 한 살이 더하니까— 그러면 나도 그 MP 양을 누님이라 불러야 할 것이지요.

아아, 그것이 될 일일까요. 누님이라 부르기가 어려운 일이 아니지마는 나의 입으로 그를 누님이라고 부른다 하면 그 부르는 그날로부터는 그의 전신에서 분홍빛 나는 무슨 타는 듯한 빛을 무슨 날카로운 칼로 잘라버리는 듯이 사라져버릴 터이지. 아니 사라져 없어지지는 않더라도 제가 이 눈을 감아야지요. 아아, 두려운 누님이란 말, 나는 이 두려운 소리를 입에 올리기도 두려워요.

6

오늘 저는 PC에 보낼 원고를 쓰고 있었습니다. 머리가 아프고 신흥이 나지가 않아서 펴놓은 종이를 척척 접어 내던져 버리고 기지개를 한번 켜고 대님을 한번 갈아매고 모자를 집어 쓰고 바깥으로 나갔습니다. 시계는 벌써 일곱 시를 십 분이나 지나고 있었나이다.

저의 가는 곳은 말할 것도 없이 R의 집이지요. 그리고 내가 책을 볼 때에나 글씨를 쓸 때에나 길을 걷거나 천장을 바라보고 누워 있을 때나 눈을 감고 명상할 때에나 나의 눈앞을 떠나지 않는 그 MP 양을 오늘 R의 집에 가면서도 또 보았습니다.

저는 언제든지 MP 양을 생각합니다. 허무한 환영과 노래하며 춤추며 이야기하며 나중에는 두렵건대 손을 잡고 이 세상의 모든 유열愉悅을 극도로 맛보았습니다. 그러나 그것이 한낱 공상인 것을 깨달을 때에는 저도 공연히 싫증이 나고 모든 것이 귀찮고 모든 것이 비관의 종자가 될 뿐이었나이다. 그리고 아아 과연 다만 일찰나 사이라도 그 MP의 머릿속에서 나의 환영을 찾아낸다 하면 그 얼마나 나의 행복일까 하였나이다. 그리고 그 MP는 나를 조금도 생각지 않는 것만 같아서 공연히 마음이 애달팠나이다.

그날 R는 집에 있지 않았습니다. 저의 마음은 눈물이 날 듯이 공연히 센티멘털로 변하여졌나이다. 그래서 정처 없이 방황하기로 정하고 우선 L의 집으로 가보았습니다.

제가 그 처녀와 같이 조금도 거짓 없음을 부러워하는 L은 나를 보더니 그 검은 얼굴에 반가워 죽을 듯한 웃음을 띠우고 손목을 잡아 자기 방으로 끌어들이더니 어저께도 왔었는데,

"왜 그동안에 그렇게 오지를 않았나?"

하지요. 그래 나는 그 얼마나 고독히 지내는 그 L을 보고 이때껏 계속하여 왔던 감상이 가슴 한복판으로 모여드는 듯하더니 공연히 눈물이 날 듯…… 하지요. 그래 억지로 그것을 참고 멀거니 앉아 있었더니 그 L은 또 날더러 독창을 하라지요. 다른 때 같으면 귀가 아프다고 야단을 쳐도 자꾸자꾸 할 저이지마는 오늘은 목구멍에서 무엇이 잡아당기는지 그 목소리가 조금도 나오지를 아니하였나이다. 그래 공연히 앙탈을 하고 일어나기를 싫어하는 그 L을 옷을 입혀 끌고 바깥으로 나갔습니다. 저녁 안개는 달빛을 가리우고 붉은 전등불만이 어두움 속에 진주를 꿰뚫어 놓은 듯이 종로 큰 거리에 나란히 켜 있을 뿐이었나이다.

두 사람이 나오기는 나왔으나 어디로 갈 곳이 없었나이다. 주머니에 돈이 없으니 하루 저녁을 유쾌히 놀 수도 없고 또 갈 만한 친구의 집도 없고 마음만 점점 더 귀찮고 쓸쓸스러운 생각을 하였나이다.

우리 두 사람은 결국 때 없이 웃는 이의 집으로 가기로 하였나이다. 우리는 한 집에를 갔으나 우리를 기다리지 않는 그는 있지 않았나이다. 그래 하는 수 없이 설영의 집으로 가기를 정하고 천변으로 내려섰나이다. 골목 안의 전깃불은 누구를 기다리는 것같이 빙그레 웃으며 켜 있었지요. 우리는 그 집에 들어가

"설영이!"

하고 불렀나이다. 안방에서 영리한 목소리로,

"누구요?"

하는 설영의 목소리가 났습니다. 우리 두 사람은

"있고나."

하였습니다. 그리고 공연히 마음이 반가왔나이다. 그리고 설영이는 마루 끝까지 나와,

"아이그 어서 오세요, 왜 그렇게 한 번도 아니 오셔요."

하지요.

아, 누님 그 소리가 진정이거나 거짓이거나 관성으로 인하여 우연히 나온 말이거나 아무것이거나 나는 그것을 생각하려고 하지는 않습니다. 다만 감상에 쫓기어 정처 없이 방황하려는 이 불쌍한 사람에게 향하여 그의 성대를 수고롭게 하여 발하여 주는 그의 환영의 말이 얼마나 나의 피곤한 심령을 위로하여 주었을까요.

그는 날더러 '오라버니라 하여주기를 맹세하여 주었습니다. 그리고 영원히 오라버니가 되어달라 하였습니다.

누님, 과연 내가 남에게 오라버니라는 존경을 받을 만한 자격의 소유자가 될 수 있을까요. 물론 그것도 나의 원치 않는 형식입니다. 그러나 나는 그 설영을 친누이동생같이 사랑하렵니다. 그리고 영원히 영원히 나의 누이동생을 만들려 하나이다. 그리고 다만 독신인 설영이도 진정한 오라비 같은 어떠한 남성의 남매같은 애정을 원하겠지요. 그러나 그러나 무상인 세상에 그것을 과연 허락할 참신神이 어느 곳에 계실는지요? 생각하면 안타까울 뿐이외다.

그날 L은 설영을 공연히 못살게 놀려먹었나이다. 물론 사념 없는 어린애 같은 유희지요. 그때 L은 설영을 잡으려고 달려들었습니다. 설영은 소리를 지르며 간지러운 웃음을 웃으면서 나의 앞으로 달려들며,

"오라버니! 오라버니!"

하고 그 L을 피하였나이다. 나는 그때 그 설영이 비록 희롱에서 나왔다 하더라도 L에게 쫓기어 나에게 구호함을 청할 때에 아아, 과연 내가 이와 같은 여성의 구호를 청함을 받을 만한 자격의 소유자일까 하였나이다. 그리고 모든 여성은 다 나를 보려고 하지도 않는 생각을 하고 혼자 이 설영이가 나에게 구호함을 청한다는 것은 그 설영을 끼어안을 듯이 귀여운 생각이 났나이다. 그러나 나타났다 사라지는 환영의 그림자일까? 팔팔팔 날리는 봄날의 아지랑이일까? 영원이란 무엇일는지요—

7

날이 매우 따뜻하여졌습니다. 내일쯤 한번 가서 뵈오려 하나이다. 하오에 기다려주십시오. 그리고 W 군은 어저께 동경으로 떠나갔다는 말을 들었습니다. 만나보지 못한 것이 매우 섭섭하외다. 그리고 S 군 Y 군도 그리로 향하여 수일 후에 떠나간다는 말을 들었습니다. 아아, 저는 외로운 몸이 홀로이 서울에 남아 있게 되겠지

요, 정다운 친구들은 모두 다 저 갈 곳으로 가버리고……:

8

왜 어저께 저는 누님에게 갔을까요? 간 것이 나에게 좋은 기회이었을까요? 그렇지 않으면 좋지 못한 기회이었을까요.

어떻든 어저께 나는 처음으로 그 MP와 말을 하게 되었습니다. 그리고 가까이 서로 보고 앉아 간질간질한 시선으로 그를 보게 되었습니다. 그리고 나의 눈에서 방산放散하는 시선의 몇 줄기 위로 나의 쉴 새 없이 뛰는 영의 사자를 태워 보내었나이다.

그는 그때 그 예배당 앞에서 나를 보고 고개를 돌리고 줄달음질하던 때와는 아주 달랐습니다. 그의 마음속으로는 나의 전신의 귀퉁이로부터 귀퉁이까지 호의의 비평을 하였을는지 악의의 비평—그렇지는 않겠지?—을 하였을는지 어떻든 부단의 관찰로 비평을 하였겠지요. 그러나 그의 눈과 안색은 아주 침착하였나이다. 그리고 그에게서 가장 아름다운 목소리는 아주 나의 마음을 취하게 할 듯이 부드럽고 연하며 은빛이 났나이다.

그리고 나의 글을 너무 칭상稱賞하는 것이 조금 나를 부끄럽게 하였으며 또는 선생님이라는 경어가 아주 나를 괴롭게 하였나이다.

누님, 만일 그가 날더러 선생이라 그러지 않고 오라비라고 하였드면? 그 찰나의 나의 모든 것은 다 절망이 되어버렸을 터이지요. 그 선생이라는 말을 듣기 싫어하는 제가 도리어 그 선생이라는 말을 듣는 것이 행복인 것을 깨달을 날이 있을 줄은 이제 처음으로 알게 되었나이다.

어떻든 저는 그 MP와 만날 기회를 얻었습니다. 그리고 서로 말소리를 바꾸게 되었습니다. 아마 이것이 저와 그 MP 사이에 처음 바꾸는 말소리가 되었겠지요? 그리고 우주의 생명 중에 또다시 없는 그 어떠한 마디이었겠지요.

그러나 저는 불안을 깨닫습니다. 마음이 못 견딜 만치 불안합니다. 다만 한 번 있는 그 기회의 순간이 좋은 순간이었을까요? 기쁜 순간이었을까요. 무한한 희망과 영원한 행복을 저에게 열어주는 그 열쇠 소리가 한 번 째각하는 그 순간이었을까요. 그렇지 아니하면 끝없는 의혹과 오뇌 속에서 만일의 요행만 한 줄기 믿음으로 몽롱한 가운데 살아 있다 그대로 사라져 없어졌다면 도리어 행복일걸 하는 회한의 탄식을 나에게 부어줄 그 순간이었을까요?

어찌하였든 저는 한옆으로 요행을 꿈꾸며 한옆으로 부질없는 낙망에 헤매이나이다.

9

오늘은 아침 아홉 시에 겨우 잠을 깨었나이다. 그것도 어제저녁에 공연히 돌아다니느라고 늦게 잔 덕택으로 아침에 일어나지 못하는 행복을 얻었더니 그나마 행복이 되어 그리하였는지 R가 찾아와서 못살게 굴지요. 못살게 구는 데 쪼들리어 겨우 잠을 깨어 세수를 하였나이다.

이상한 일이었나이다. 제가 R의 집을 가기는 하여도 R가 저의 집에 찾아오는 일이 없는 그가 오늘 식전 아침에 저를 찾아온 것은 참으로 뜻밖이고 이상합니다.

그는 매우 갑갑한 모양이었나이다. 그리고 요사이 며칠 동안 그의 얼굴은 그리 좋지 못하였으며 언제든지 무슨 실망의 빛이 있었나이다.

오늘도 그는 침묵 속에 있었나이다. 그리고 먼 산만 바라보고 있었나이다.

그는 어디로 산보를 가자 하였나이다. 저는 아침도 먹지 않고 그와 함께 정처 없이 나섰나이다.

우리는 전차를 타고 H와 P의 집에 가보았으나 H는 아침 먹고 막 어딘지 가고 없다 하고 P는 집에 일이 있어서 가지를 못하겠다 하지요. 그래 하는 수 없이 우리 단 두 사람이 또다시 KC를 향하여 떠났나이다.

천기는 청명, 가는 바람은 살살, 아주 좋은 봄날이었나이다. 우리는 전차에서 내렸나이다. 오포午砲가 탕 하였나이다. 멀리멀리 흐르는 HC강은 옛적과 같이 고요히 흐르고 있었나이다. 아무 소리도 없고 아무 향기도 없고 아무 웃는 것도 없고 다만 푸른 물속에 취색翠色의 산 그림자를 비추어 있어 다만 "아아 아름답다" 하는 우리 두 사람의 못 견디어 나오는 탄성뿐이 고요한 침묵을 가늘게 울릴 뿐이었나이다. 우리는 언덕으로 내려가 한가히 매어있는 주인 없는 배 위에 앉아 아무 소리 없이 물 위만 바라보았나이다. 푸른 물 위에는 때때 은사銀絲의 맴도는 듯한 파연波漣이 가늘게 떨 뿐이었나이다. 그리고 사르렁사르렁 은사의 풀렸다 감겼다 하는 소리가 들리는 듯하였나이다.

우리는 한참이나 앉아 있었나이다.

우리는 문득 저쪽을 바라보았나이다. 그리고 나의 가슴은 공연히 덜렁덜렁하고 전신에 식은땀이 흐르는 듯하였나이다. 저기 저쪽에는 그 비단결 같은 물 위에 한가히 떠 있어 물속으로 녹아들 듯이 가만히 있는 그 요트 위에는 참으로 뜻밖이었어요, 그 MP가 어떠한 다른 동무하고 나란히 앉아 있었나이다.

그러나 그 MP는 나를 보고도 모르는 체하는지 보지 못하고 모르는 체하는지 다만 저의 볼 것 저의 들을 것만 보고 들을 뿐이었나이다.

저는 그 MP에게로 달려가고 싶었습니다. 아, 그러나 만일 그가 나를 보고도 못 본 체한다면? 불과 몇십 간 되지 않는 거기에 있는 그가 어째 나를 보지 못하였을까? 못 보았을 리가 있나? 라고만 생각하는 저는 그에게로 가기가 두렵고 공연히 무엇인지 보이지 않는 무엇이 원망스러웠을 뿐이었나이다.

그런데 웬일일까요? MP를 나 혼자만 아는 줄 아는 저는 R의 기색에 놀라지 아니치 못하였나이다.

R는 나의 손을 잡아당기며,

"MP가 왔네."

하였습니다. 그 소리를 듣는 저는 R가 어떻게 MP를 아는가 하였나이다. 그리고 무엇인지 번개와 같이 저의 머리를 지나가는 것이 있더니 저는 그 R에게서 무슨 공포를 깨달은 것이 있었나이다.

R는 대담하게 MP에게로 갔습니다. 저도 그를 따라갔습니다. R는 모자를 벗고 그에게 예를 하였나이다. 아아 그러나 누님, 정성을 다하지 않고 몽롱한 의심과 적지 않은 불안으로 주는 저의 예에는 그의 입 가장자리로 불그레한 미소가 떠돌았으며 따뜻한 눈동자의 금빛 광채이었나이다. 그리고 "아이고 어떻게 이렇게 오셨어요?" 하는 그의 전신을 녹이는 듯한 독특한 어조가 저를 그 순간에 환희의 정화精華 속으로 스며들게 하였나이다.

우리 두 사람은 그를 작별하고 바로 시내로 들어왔나이다. 웬일인지 저의 마음은 한없이 기뻤나이다. 그리고 전신의 혈액은 더욱 더 펄펄 끓기 시작하였나이다. 그러나 R의 얼굴은 그전보다 더 비애롭고 실망의 빛이 떠돌았나이다. 쓸쓸한 미소와 쓸쓸한 어조가 도는 저의 동정의 마음을 일으킬 만치 처참한 듯하였나이다. 저는

R에게

"어떻게 MP를 알든가?"

하였습니다. 그는 무슨 옛날의 환상을 보는 듯한 표정으로,

"그전부터 알어."

하였나이다. 이 소리를 듣는 저는 그러면 이성 사이에 만나면 생기는 사랑의 가락이 그 MP와 이 R 사이에 매여지지나 아니하였나 하고 여태껏 기꺼웁던 것이 점점 무슨 실망의 감상으로 변하여 버리었나이다. 그리고 차차 의혹 속에 방황하게 되었나이다.

그리하다가도 그 R의 실망하는 빛과 MP의 냉담한 답례가 저에게 눈물 날 만큼 R를 동정하는 생각을 나게 하면서도 또 한옆으로는 무슨 승자의 자랑을 마음 한 귀퉁이에서 만족히 여기었으며 불행한 R를 옆에 세우고 다행히 환희를 맛보았습니다.

그날 저는 R의 집에서 자기로 정하였나이다. 밤 열한 시가 지나도록 별로 서로 말을 한 일이 없는 R와 두 사람 사이에는 공연히 마음이 괴로운 간격을 깨닫게 되었나이다. 그리고 그의 푸른 비애와 회색 실망의 빛이 그의 얼굴로 가끔가끔 농후하게 지나갈 때마다 저는 공연히 불안하였나이다.

저는 R에게 그 기색이 좋지 못한 이유를 묻기를 두려워하였나이다. 그리고 만일 그 비애의 빛과 실망의 빛이 그 MP로 인한 것이 아니고 다른 것으로 인한 것이라 하면 저는 그때 그 R의 그 비애와 실망과 똑같은 비애와 실망을 맛보았을 것이지요?

그러나 저는 형제와 같은 그 R의 비애와 실망을 그 MP로 인하여서라고 인정하지를 아니하면 저의 마음이 불안하여 못 견딜 정도였습니다.

그날 저녁 R는 자리에 누워서도 한잠을 자지 못하는 모양이었나이다. 다만 눈만 멀뚱멀뚱하고 천장만 바라보고 있었나이다. 그리고 머리를 짚고 눈을 감고 무엇인지 명상하듯이 가만히 있었을 뿐이었나이다. 그의 엷은 눈썹은 가늘게 떨리고 있었습니다.

저도 웬일인지 잠이 오지 않았습니다. 그래 머리맡 서가에 놓여 있는 《On the Eve》를 집어 들고 한참이나 보다가 잠이 깜빡 들었나이다.

10

저는 어리석은 사람이 되어버리었나이다. 꿈을 믿고 길에서 장님을 만나면 두 다리에 풀이 다하도록 실망을 하게 되었나이다.

그리고 꽃의 화판을 '하나 둘' 하며 'MP가 나를 사랑하느냐 사랑하지 않느냐?' 하며 차례차례 따보게 되었습니다. 그리고 만일 '사랑한다' 하는 곳에서 맨 나중 꽃 잎사귀가 떨어지면 성공한 것처럼 춤을 출 듯이 만족하였으며 그렇지 않고 '사랑하지 않는다'는 곳에 와서 그 맨 나중 꽃 잎사귀가 떨어지면 공연히 낙망하는 생각이 나며 비로소 그 헛된 것을 조소합니다. 그러나 어느 틈에 또다시 그 꽃 잎사귀를 따보고 싶어 못 견디게 되나이다. 저는 요행을 바라는 동시에 말할 수 없는 미신자가 되었습니다. 오늘은 제가 누님을 만나 뵈러 가지 않으려 하였으나 W 군이 피스piece를 찾아달라 하여서 누님에게로 갔었습니다.

누님이 나오기를 기다리고 있는 동안에 나는 다만 침착하고 고요한 마음으로 정문 앞 플랫폼을 왔다 갔다 하였나이다. 그러다가 문 열리는 소리가 나더니 나오는 사람은 누님이 아니고 그 MP였습니다. MP는 나를 보더니 생긋 웃으며 고개를 숙여 예를 하여주었나이다. 그리고 그곳에 서 있었나이다. 그 뒤를 따라 나온 이가 누님이었지요.

저의 마음은 이상하게 기뻤나이다. 그리고 아주 무슨 희망을 얻은 듯하였나이다. 길거리로 걸어 다니면서도 혹시나 MP를 만나 인사를 주고받을 만한 순간의 기회를 기대하는 저는 누님에게로 갈 때마다 그 MP를 만날 수가 있을까 하는 기대를 가지고 다니었나이다. 오늘도 그 기대를 조금일지라도 아니 가지고 간 것이 아니었건마는 그 MP가 있지 않을 줄 안 저는 아주 단념을 하고 갔었습니다. 그래 그 MP를 만난 것은 아주 의외이었지요.

누님 그 MP가 무엇하러 누님보다도 먼저 저를 보러 나왔을까요. 어린 아우를 만나려는 누님의 마음이었을까요. 반가운 정인을 만나려는 애인의 마음이었을까요. 무엇이었을까요?

그는 저와 오랫동안 말을 하였나이다. 그리고 동청冬靑이 푸른

잔디 사이를 누님과 저 세 사람이 산보하였지요? 저희가 그 좁은 길로 지나올 때 저는 그 MP에게

"R를 어떻게 아셨든가요?"

하고 물어보았습니다. 그 MP는 조금 얼굴이 불그레한 중에도 미소를 띠며,

"네, 그전에 한 두어 번 만나본 일이 있었어요."

하고 대답을 하였지요. 그 소리를 듣는 저는 곧,

"R는 참 좋은 사람이야요."

하였지요. 그러니까 그 MP는 곧 다른 말로 옮기어 버렸나이다.

그렇게 한 지 십 분쯤 되어 누님과 우리 두 사람은 무슨 조용히 할 말이나 있는 것처럼 주저주저하였나이다. 그러니까 그 MP는 곧 영리하게 그것을 알아차리고 안으로 들어가 버렸지요.

아아 그때 저의 마음은 아주 섭섭하였습니다. 우리가 우리의 필요한 이야기를 하지 못한다 하더라도 그 MP는 떠나기가 싫었나이다. 그러나 그의 검은 치맛자락의 그림자는 보이지 않게 사라져버리었나이다. 그때 누님은 절더러 이야기를 하여주었지요. 그 MP를 R가 사랑하려다가 그 MP가 배척을 하였다는 것을—그리고 그 MP가 저의 그 누님이 도적하여 간 원고를 보고 도외의 찬성을 하더라는 것과 그러나 그가 한 가지 불만으로 생각하는 것은 신앙이 적더라는 것을. 저는 누님과 작별을 하고 문밖으로 나오며 뛰어갈 듯이 걸음을 속히 하여 걸어가며,

"내가 행복한 자냐 불행한 자냐?"

하고 혼자 소리를 질러보았습니다. 그러다가는 그 신앙이 적다고 하는 데 대하여는 적지 않은 불쾌와 또 한옆으로는 희미한 실망을 깨달았습니다.

그래 집에 돌아와 아랫목에 누워서 여러 가지로 그 MP와 저 사이를 무지갯빛 나는 아름답고 거룩한 것으로만 얽어놓아 보다가도 그 신앙이란 말을 생각하고는 곧 의혹 속에 헤매었나이다. 그러다가는 그의 집에서 본 《On the Eve》를 읽던 것이 생각되며 그 여주인공 에레나의 일기가 생각났습니다.

그의 애인 인사로프와 그의 아버지가 그와 결혼시키려는 크르나도오스키를 비교하여 인사로프에게는 신앙이 있을지라도 크르나도오스키에게는 신앙이 없었다. 자기를 믿는 것만으로는 신앙이 있다고 말할 수 없으니까……

누님, 저는 이 글을 볼 때 공연히 실망하였습니다. 에레나는 신앙 있는 사람을 사랑하였습니다. 그리고 신앙 없는 사람을 사랑치 않았습니다. 그러면 MP도 언제든지 신앙 있는 사람을 사랑할 터이지요. 그러면 그 MP가 저에게 신앙이 없다고 한 말은 저를 동생이나 친우로 여길는지는 알 수 없으나 애인으로 생각지는 못하겠다는 것이지요.

누님, 그러면 저는 실망할까요, 낙담할까요? 신앙이란 무엇일까요. 물론 누구에게든지 신앙이 없는 사람이 없습니다. 누구는 예수를 믿고 석가를 믿고 우상을 믿고 여러 가지를 믿습니다.

그리고 또 자기를 믿는 사람이 있기도 합니다. 그리고 누님, 저도 무엇인지 신앙하는 것이 있겠지요? 신앙이 없는 사람이 이세상에서 생명을 가지고 살아 있다는 것은 거짓말이니까. 누구든지 각각 자기가 신앙하는 것이 있기 때문에 이 세상에 살아 있으니까 저도 또한 이 세상에 살아 있는 사람이라 어떠한 신앙이든지 가지고 있겠지요.

저 어떠한 종교를 어리석게 믿는 사람들은 각각 자기의 신앙만이 참신앙으로 생각합니다. 그리고 남의 신앙을 조소합니다. 그러나 한 번 더 크게 눈을 뜨고 고개를 돌리어 사면을 둘러보는 자는 각각 이것과 저것을 대조할 수가 있을 것이지요. 그리고 각각 장처와 결점을 찾아낼 수가 있을 것이지요. 이불을 뒤집어쓰고는 물론 그 이불 속뿐이 세상인 줄 알 터이지요. 그리고 그 속에만 참진리가 있는 줄 알 터이지요. 그러하나 그 이불 속만이 세상이 아니고 그 속에만 진리가 있는 것이 아닌 줄 아나 그 이불을 벗어버린 자는 그 이불 쓴 사람을 불쌍히 여기었을 터이지요. 그러면 이 세상에는 그 이불을 벗은 사람이 여럿이 있었습니다. 그리하여 그 이불을 뒤집어쓴 사람들을 아주 불쌍히 여기었습니다.

그러면 저도 그 이불을 벗은 사람의 하나가 되려 합니다. 다만 어떠한 이름 아래서든지 그 온 우주에 가득 차서 영원부터 영원까지 변치 않는 진리를 믿는 사람이 되려 하나이다. 그리하여 다만 그것을 구할 뿐이요, 그것을 체험하려 할 뿐이외다.

물론 사람은 약한 것이지요. 심신이 다 강하지는 못하지요. 제가 어떠한 때 본의 아닌 일을 할 때가 있다 하더라도 그것은 다만 약한 까닭이겠지요. 그리고 그것을 깨닫는 때는 그것을 고치겠지요. 그리고 누님, 한 가지 끊어 말하여 둘 것은 《쿠오바디스》에 있는 비니큐스와 같이 리지아의 신앙과 같은 신앙으로 인하여서 그 비니큐스는 되지 않겠지요.

아아 그러나 누님, 제가 어찌하여 이와 같은 말을 쓸까요? 사랑보다 더 큰 신앙이 이 세상에 또 어디 있을까요. 자기의 생명까지 희생하는 것은 사랑이 있을 뿐이지요. 사람이 사랑으로 나고 사랑으로 죽고 사랑으로 살기만 하면 그 사람의 생은 참생이 되겠지요. 그러하나 저희는 사랑을 생각할 때마다 마음이 두근거립니다. 처음은 이성異性에게 사랑을 구하는 자가 누가 주저하지 않은 자가 있고 누가 가슴이 떨리지 않는 자가 있을까요? 그러면 사랑이란 죄악일까요? 죄지은 자와 똑같은 떨림과 불안을 깨닫는 것은 어찌함일까요?

그렇습니다. 우리 인생에게는 두 가지 큰 문제가 있습니다. 그것은 열정과 이지입니다. 이 세상의 역사는 이 두 가지의 싸움입니다. 그리고 모든 불행의 근원은 이 열정과 이지가 서로 용납하지 않는 곳에 있는 것입니다.

그리운 이성을 보고 자기 마음을 피력지 못하고 혼자 의심하고 오뇌하는 것도 이 이지로 인함이지요? 저는 어떻게 하면 이 이지를 몰각한 열정만의 인물이 되려 하나, 그 이지를 몰각한 열정만의 인물이 되겠다는 것까지도 이지의 부르짖음이지요. 시간이 없어서 두어 마디로 대강만 쓰고 요다음 언제든지 기회 있으면 열정과 이지에 대하여 좀 써 보내려 하나이다. 조용한 저녁날에 술주정꾼같이 저는 정처 없이 헤매나이다. 안갯빛 저의 가슴에서는 눈물이 때 없이 솟나이다. 아아 누님, 누님은 다만 참사람이 되어주시오. 저도 또한 그렇게 되려 하나이다.

오늘 저는 또다시 R의 집에 갔었나이다. 그 R는 있지 않았습니다. 그러나 얼마 있지 않으면 곧 들어오리라는 그 집 사람의 말을 듣고 저는 그의 방에서 기다리게 되었나이다. 그러나 R가 저와 형제같이 친하지 않으면 그와 같이 주인 없는 방 안에 들어가 앉아 있지를 못하였을 터이지요. 그래 그와 친하다 하는 무엇이 저를 그의 방으로 들어가게 하였습니다.

저는 그의 방에 들어가 그의 책상 앞에 앉았나이다. 그때 문득 저의 눈에 보이는 것은 그가 써서 놓은 편지였나이다. 그리고 그 편지 피봉에는 MP라 씌어 있었습니다. 저의 마음은 공연히 시기하는 마음이 나며 또한 그 편지를 기어이 보고 싶은 생각이 났었습니다. 마침 다행한 것은 그 편지를 봉하지 않은 것이었나이다.

저는 그것을 보았습니다.

그 속에는 이러한 말이 쓰어 있었습니다.

……DH는 미숙한 문사文士요, 그리고 일개 부르주아Bourgeois에 지나지 못하는 사람이오……라고.

아아 누님, 저는 손이 떨리었나이다. 그리고 그 편지를 다시 그 자리에 놓고 그대로 바깥으로 뛰어나왔습니다. 그리고 길거리로 걸어오며 눈물이 날 만치 모든 것이 원망스럽고 또 한옆으로는 분한 생각이 나서 못 견디었나이다.

그리고 사랑하는 R가 그와 같은 말을 써 보낼 줄 참으로 알지 못하였나이다. 누님 그렇지요, 저는 글 쓰는 데 미숙하겠지요, 저는 거기에 조금이라도 이의를 말하려 하지 않나이다. 그러나 그 말을 무엇하러 MP에게 한 것일까요.

아아 누님, 저는 일개 참사람이 되려 할 뿐이외다.

저는 문학가, 문사라는 칭호를 원치 않아요, 다만 참사람이 되기 위하여 글을 봅니다. 그리고 느끼는 바를 견딜 수 없었습니다. 그리고 나와 같은 느낌과 깨달음이 우리 인생을 위하여 조금이라도 보탬이 될까 하였습니다.

그러나 저 일개인의 성공은 얻기가 어려울 터이지요, 제가 느끼고 깨닫는 것은 길고 긴 우주의 생명과 함께 많고 많은 사람들이 깨닫는 것에 다만 몇천만억분의 일이 될락 말락 할 터이지요, 그리고 그 저의 생명이 그치는 날에는 그것보다 조금 더하여질 뿐이지요, 그리고 그것보다 더 큰 무엇을 원할지라도 유한한 저의 육체와 정신은 그것을 용서치 않을 터이지요.

그러면 제가 부르주아나 프롤레타리아나 무엇 어떠한 부름을 듣든지 언제든지 참사람이 되려 할 뿐이외다. 아마 이 세상의 모든 진리를 혼자 깨달은 줄 아는 사람일지라도 이 참사람이 되려는 데서 더 벗어나지는 못하였을 터이지요.

그러나 저는 오늘부터 친애하는 친우 하나를 잃어버리게 되었나이다. 아무리 아무리 제가 너그러운 마음으로써 그전과 같이 R를 대하려 하나 그는 나를 모함한 자이지요. 어찌 그전과 같은 정의情誼를 계속할 수가 있을까요. 그러나 저의 마음은 괴롭습니다. 그리고 그 KC를 가면서 저에게 형제와 같이 지내자던 것을 생각하고 또는 그동안 지내오던 정분을 생각하고 그것이 다만 한순간에 깨어지는 것을 생각할 때 저의 마음은 아주 안타까왔나이다. 그러다가도 그 R의 손을 잡고 기꺼워하고 싶었습니다.

11

집에서 나올 때 동생 L이 울며 쫓아 나오면서,

"형님 형님 나하고 가."

하며 부르짖었나이다. 그리고 두 팔을 벌리고 저를 바라보고 있었습니다. 그러나 발이 떨어지지 않지만 하는 수 없이 어머니에게 L은 맡기고 또다시 R를 찾아갔나이다.

어제저녁 늦도록 잠을 자지 못한 저는 오늘 또다시 새벽에 일찍 일어났으므로 몸이 조금 피곤하였나이다.

저는 R의 집으로 가면서 몇 번이나 가지 않으리라 하여보았습니다. 날마다 가는 R의 집에를 일주일이나 가지 않은 저는 오늘도 또 가볼 마음이 그리 많지는 않았습니다. R를 생각하면 할수록 분하고 답답한 저는 언제든지 그 마음을 누르려 하였으나 그리 속마음이 편치는 못하였습니다.

제가 R의 집에 들어갈 때에는 아주 마음이 유쾌치 못하였습니다. R는 저를 보고 힘없이 저의 손을 잡고 인사를 하여주었습니다. 그리고 "어서 오게" 하는 소리가 아주 반갑지 못하였습니다. 저는 그 R를 보기 전에는 반갑게 인사를 하리라 한 것이 지금 그를 만나보니까 공연히 그와 함께 있는 것이 싫은 생각이 나서 그대로 바깥으로 나오고 싶었습니다.

저는 그대로 서서

"여러 날 만나지 못하여서 조금 보고나 갈까 하고……."

하며 그를 쳐다보았습니다. 그는 다만 고개를 끄덕하며,

"응……."

할 뿐이었나이다. 저는 갑자기 뛰어나오고 싶었습니다. 그래,

"내일 또 봅시다."

하고 그대로 뛰어나왔습니다. 그 R는 아무 말도 없이 자기 방으로 들어가 버렸습니다.

아아, 누님, 우리 두 사람 사이는 어째 이리 멀어졌을까요? 무슨

간격이 생겼을까요? 그리고 무슨 줄이 끊어졌을까요. 저는 그것을 알 수가 없습니다.

제가 종로를 걸어올 때였습니다. 저쪽에서 뜻밖에 그 MP가 걸어왔습니다. 그때 저는 그 MP와 만나 인사를 하리라 하였습니다. 그러나 그 MP는 어떠한 양복 입은 이와 함께 저를 못 보았는지 저의 곁으로 그대로 지나가 버렸나이다. 저는 다만 지나가는 그만 바라보고 있다가 손을 단단히 쥐고 '에, 고만두어라' 하였습니다.

저는 말할 수 없는 번뇌 가운데 '에, 설영에게나 가리라' 하였나이다. 그리고 천변으로 그의 집을 찾아갔습니다. 그때 저의 마음에도 설영이가 있지 않으리라는 생각은 없이 으레 만나려니하였나이다. 그러나 설영을 부르는 저의 목소리에 그 영리하고 귀여운 우리 누이동생의 목소리는 나지 않고 그의 어머니가 "없소" 하고 냉대하듯 보통 손님과 같이 대답을 하였습니다. 그 소리를 듣는 저는 공연히 섭섭한 생각이 나며 또는 설영이가 저를 한낱 지나가는 손처럼 생각하는 듯하고 또한 어떠한 정인이나 찾아가지 않았나 할 때 오라비 노릇을 하려는 저도 공연히 질투스러운 마음이 나며 '다 그만두어라' 하는 생각이 나고 공연히 감상感傷의 마음이 났습니다.

저는 그대로 집으로 갔습니다. 집 문간에서 놀던 L은 반기어 맞으면서 두 팔을 벌리고 저에게 턱 안기며 몸을 비비 꼬고 그의 가는 손으로 간지럽고 차디차게 저의 뺨을 문질러주었나이다. 그때

저는 모든 감상感傷의 감정은 가슴 한복판으로 모아드는 듯하더니 눈물이 날 듯하였나이다. 그때 그 L은,

"형님 임마!"

하였나이다. 그래 저는 그에게 입을 맞추려 하니까 그는 무엇이 만족지 못한지,

"아니 아니 귀 붙잡고."

하며 그의 손으로 저의 두 귀를 붙잡고 입을 맞추어 주려다가 또다시,

"형님도 내 귀 붙잡어."

하였나이다. 저는 그 L의 귀를 붙잡고 입을 맞추었나이다. 그러나 그때 L은 저를 쳐다보며,

"형님 우네."

하였나이다. 아아 누님, 저의 눈에는 눈물이 나왔습니다. 그리고 그 L을 껴안고 울고 싶었습니다.

십칠 원 오십 전

— 젊은 화가 A의 눈물의 한 방울

1

사랑하시는 C 선생님께 어린 심정에서 때 없이 솟아오르는 끝없는 느낌의 한마디를 올리나이다.

시간이란 시내가 흐르는 대로 우리 인생은 그 위에서 뱃놀이를 하고 있습니다. 늙은이나 젊은이나, 마음 아픈 이나 가슴 쓰린이나, 행복의 송가를 높이 외는 이나 성공의 구가를 길게 부르짖는 사람이나, 이 시간이란 시내에서 뱃놀이하지 않는 사람이 누구입니까?

오늘 이 편지를 선생님께 올리는 이 젊은 A도 시간이란 시내에 일엽편주를 띄워놓고 끝 모르는 포구로 향하여 둥실둥실 떠갑니다.

어떠한 이는 쾌주하는 기선을 탔으며, 어떠한 이는 높다란 돛을 달고 순풍에 밀리어갑니다. 또 어떠한 이는 밑구멍 뚫어진 거룻배를 이리 뒤뚱 저리 뒤뚱 위태하게 젓고 갑니다.

또 어떠한 배에서는 하품하고 기지개 켜는 소리가 들립니다. 또 어떠한 배에서는 장구를 두드리고 푸른 노래를 부르기도 합니다. 어떠한 배에서는 불그레한 정화情話의 소곤대는 소리가 들립니다. 어떠한 배에서는 여자의 애끓는 울음소리가 납니다. 어떠한 배 속에서는 촉루髑髏가 춤을 추고, 어떠한 배 속에서는 노름꾼의 코고는 소리가 납니다.

그러나 이 A의 탄 배에서는 무슨 소리가 들리는 줄 아십니까? 때 없는 우울과 비분과 실망과 고통과 원망이 뭉텅이가 되고 덩어리가 되어 듣는 이의 귓구멍을 틀어막는 듯이 다만 떵하는 머리 아픔이 있을 뿐이외다.

나와 같이 배를 띄워 같은 자리를 지나가는 배가 몇백 몇천 있습니다. 그들은 다만 서로 바라보며 기막혀 웃을 뿐이외다. 그리고 서로 눈물지을 뿐이외다.

선생님! 이 배가 가기는 갑니다. 한 시간에 오리를 가거나 단일 리를 가거나 가기는 갑니다. 그러나 그 배가 뒷걸음질 칠 리는 없을 터이지요? 가기만 하는 배는 우리를 실어다 무엇을 하려 할까요? 흐르는 시간은 말이 없고 뜻이 없으매 다만 일정한 규칙대로 가기는 가겠으나 뜻 없고 말 없는 시간이란 시내 위에 이 A는 무슨 파문을 그려놓아야 할까요?

새벽 서리 찬 바람에 차르락 찰싹 뛰어노는 어여쁜 물결입니까? 아침저녁 멀리 밀려왔다 멀리 밀려가는 밀물의 스르렁거리는 물결입니까? 초승달 갸웃드름하게 비친 푸르렀다 희었다 하는 깜찍한 파문입니까? 어떻든 저는 무슨 파문이든지 그 시간이란 시내 위에 그리어놓아야 할 것이외다. 하다못하여 시꺼먼 물결 위에 푸— 하게 일어나는 거품일지라도 남겨놓고야 말 것이외다.

선생님! 그러나 그 파문을 그리려 하나 그릴 수가 없습니다. 하늘의 바람은 너무 강하고 몰려오는 물결은 너무 힘이 있습니다.

인습이란 물결이 이 작은 편주를 몰아낼 때와 육박하는 환경의 모든 시꺼먼 물결이 가려고 하는 이 A라는 조그만 배를 집어삼키려 할 때 닻을 감으랴, 노를 저으랴, 가려고 합니다마는, 방향을 정하려 하나 팔에 힘이 약하고, 가려고 하오나 나를 이끌어 나아가게 하는 힘 있는 발동기를 갖지 못하였습니다.

그나 그뿐입니까? 어떠한 때는 폭우가 내리붓고, 어떠한 때에는 광풍이 몰려와 간신히 대뚱거리는 이 작은 배를 사정없이 푸른 물결 속에 집어넣으려 합니다.

아아, 선생님! 그나 그뿐이 아니외다. 어떠한 때는 어두운 밤이 됩니다. 울멍줄멍하는 노한 파도가 다만 시꺼먼 암흑 속에서 이리 뛰고 저리 뜁니다. 하늘에서 희망의 별 하나 보이지 않습니다. 저쪽 어귀에 희미하게 비치는 깨알 같은 등대의 깜빡거리는 불도 꺼질 때가 있습니다.

그러나 저는 가렵니다. 약하고 힘없는 두 팔 두 다리로 저 보이지 않는 포구를 향하여 형형색색의 파문을 그리면서 가기는 가렵니다. 오늘에 그리어놓은 파문의 한 폭이 내일에 그릴 파문을 낳고, 내일에 그리어놓은 파문의 한 폭이 모레의 그것을 낳아 저쪽 포구에 이를 때에는 대양으로 나아가는 힘 있는 여울 물결 위에 거룩하고 꽃다운 성공의 파문을 그리려 합니다.

아아, 그때에는 암흑에 날뛰는 미친 파도나, 때 없는 폭풍우나, 밀려오는 인습의 물결이나, 모든 환경의 그 모진 파도가 그 거룩하고 꽃다운 파문 하나는 지워버리지 못할 것이며 삼키어 버리지 못할 것이요, 이 작은 일엽편주는 그때가 되어 바위에 부딪쳐 깨어지거나 물결에 씻기어 사라지거나…… 저는 다만 죽어가는 목구멍 속으로라도 넘치는 환희와 북받치는 기쁨으로 영생의 노래를 부를 것이외다.

2

오늘은 웬일인지 일기가 전에 보지 못하게 음침합니다. 답답한 심사와 침울한 감정을 양기 있고 청정하게 하려 애를 썼으나 그것은 실패하였습니다.

아침에 밥을 먹는 저는 열두 시가 되도록 습기 찬 땅바닥에 누워 있었습니다. 오고 가는 공상이 어떠한 때는 저를 웃기더니 어떠한 때는 울리더이다. 저의 젊은 아내는 오색 종이로 바른 반짇고리를 옆에 놓고 별 같은 두 눈을 깜빡거리며 저의 입고 나갈 두루마기 끈을 달고 있었나이다. 저는 저의 아내를 볼 때마다 불쌍한 생각이 납니다. 나이 젊은 아내의 고생살이를 생각할 때마다 저의 심정은 웬일인지 쓰립니다. 제 옆에 앉아 있는 그 젊은 아내가 과연 저의 이상理想을 채우는 아내는 아니외다. 사랑과 사랑이 결합하여 된 부부가 아니외다. 자각 있는 애인의 조화 있는 사랑은 아니외다. 그는 무엇을 믿고서 나의 아내가 되었으며, 무슨 각성을 가지고 나를 사랑하는지 알 수가 없습니다. 애인과 애인이 서로 만나는 것이 가장 큰 대담한 일이라 하면, 애인도 아니요 애인도 아닌 이 두 사람의 서로 결합된 것도 위태하게도 대담한 것이외다.

위태한 짓을 똑같이 한 이 A는 불쌍한 용자勇者이지마는 그것을 지금까지 알지 못하는 저의 젊은 아내도 어리석은 용자이외다. 우리 두 사람이 과연 원만하게 사랑의 가락을 두 몸에 얽어놓았습니다. 강대한 세력을 두 사람의 붉은 피 속에 부어주는 것이 무엇입니까?

그러나 어린 자식은 절더러 "아빠, 아빠" 합니다. 그리고 저의 아내더러는 "엄마, 엄마" 합니다. '엄마, 아빠'라 부르는 그 소리를 들을 때마다 알지도 못하게 저의 마음은 깨끗하여지며 어느 틈엔지 따가운 귀여움이 저의 가슴을 채웁니다. 어린애가 웃으면 저도 웃습니다. 그러면 저의 아내도 웃습니다. 저의 아내의 웃는 눈은 반드시 나의 얼굴을 바라봅니다.

철없는 아이가 재롱부려 웃을 때는 저의 웃음과 저의 아내의 웃음소리는 보이지 않는 공중에서 서로 얼크러져 입을 맞춥니다. 그때에는 모든 불행, 모든 고통이 그 방 안에서 내쫓기어 버립니다. 오늘도 남향한 창에는 햇볕이 따뜻하게 드는데, 철없는 어린 자식은 방 한 귀퉁이에서 자막대기를 가지고 몽실몽실한 두 다리를 쭉 뻗고서 무엇이 그리 재미있는지 콧소리를 쌔근쌔근하며 장난을 하고 있을 때, 답답한 감정이 공연히 저의 상을 찌푸리게 하였으나 근지러운 살과 부드러운 입김을 가진 저의 아내가 고요한 침묵을 가는 바늘로써 바느질할 제 웬일인지 눈을 감은 저의 전신의 모든 관능은 힘을 잃은 것같이 노곤하여졌나이다.

잠들지 않은 나의 정신은 혼농惛膿한 가운데 젖어 있을 때 나의 아내는 무엇을 생각하였는지,

"여보서요. 날이 점점 추워오는데 월급 되거든 어린애 모자 하나 사 오서요."

하였습니다. 이 말을 듣는 저는 듣고도 못 들은 체하였습니다. 그리고 속마음으로는 '화구畵具도 살 것이 있고 책도 좀 사야 할 터인데 어린애 모자는 천천히 사지' 하며 아내의 말에 공연한 심증이 났습니다. 그 심증은 결코 아내의 말이 부당한 말이나 어린아이의 모자를 사다 주는 것이 아까워 그러한 것이 아니라, 경제의 압박을 당하여 오는 저는 돈이란 소리가 나올 때마다 쌓

아오고 쌓아온 불평이 공연히 좋던 감정도 얼크러뜨려 버립니다.

저의 아내는 여러 번 그런 일을 말하면서도 저의 대답하지 않는 것이 무안한 듯이 한참이나 아무 소리가 없다가,

"왜 남의 말에 대답이 없소?"

하였습니다. 나는 여전히 말대답이 없이 드러누워 있었습니다. 아내는 또다시,

"어린애 모자 하나 사다 주기가 무엇이 그리 어려워서……."

하더니 아무 소리도 없이 다 꿰맨 두루마기를 툭툭 털어 저의 누워 있는 다리 위에 툭 던졌습니다.

자막대를 가지고 장난하던 어린애는 모자 소리를 듣더니,

"때때 모자? 응! 엄마?"

하고 벙긋벙긋 웃으면서 저의 아내를 쳐다보며 달려듭니다. 이것을 본 저의 아내는 토라졌던 얼굴을 다시 고치었는지,

"글쎄, 이것 좀 보시우! 모자, 모자 하는구려!"

하며 아무 말 없이 두 눈 위에 팔을 얹고 누워 있는 저의 가슴을 가만히 연하고 부드럽게 흔들었습니다. 저의 아내의 매낀매낀한 손가락이 저의 옷 위에서 꼼지락거릴 때에 저의 피부 밑으로 지나가는 신경은 무엇에 취한 듯한 감각을 저의 핏결 속에 전하는 듯하였습니다.

저는 다만,

"왜 이래? 귀찮아."

하고 팔꿈치로 아내의 손을 툭 치며 다시 돌아누웠습니다. 제가 본래 신경질임을 아는 저의 아내는 조금도 노여워하는 기색이 없이 다만 생글 웃으면서 가장 노한 듯이,

"그만두구려! 어서 옷이나 입고 나아가요. 대낮에 드러누워 있는 것이 갑갑해 못 견디겠구려."

하는 목소리는 웬일인지 마음 약한 저의 거짓 노여워함을 오래 가게는 못 하였습니다. 저는 다만 벌떡 일어나며 아내의 얼굴을 한번 쳐다보고,

"에이! 그 등쌀에 누워 있을 수가 있어야지. 두루마기 어쨌소?"

하며 웃음을 참지 못하고 빙그레 웃었습니다. 저의 아내도 웃음이 떠도는 얼굴에 거짓 노여움을 섞으면서,

"그것 아니고 무엇이오?"

하며 방바닥에 놓여 있는 저의 두루마기를 가리켰습니다.

저는 다만 무안한 가운데도 우스운 생각이 나서 아무 말 없이 두루마기를 입고,

"지금 몇 시나 되었을꼬?"

하며 혼잣말을 하고는 모자를 집어 썼습니다.

저는 바깥으로 나왔습니다. 젊은 아내와 정에 겨운 싸움을 하고 나온 저의 마음은 바깥에 나와서 비로소 그 시간에 일어난

역사가 그립고 애착하는 생각이 났습니다. 새로운 공기와 푸른 하늘이 저의 공연히 센티멘털한 심정을 녹이며 부드럽게 하여 줄 때 웬일인지 반웃음과 반노여움을 섞은 저의 젊은 아내의 얼굴과 그의 표정이 말할 수 없이 저의 마음을 매취케 하는 듯하였습니다.

저는 저의 친구를 찾아 MW사로 향하여 오면서 생각하는 것은 저의 아내뿐이었으며, 그 아내가 청하던 어린 자식의 새 모자였습니다. 저는 월급을 타거든 모자를 사다 주리라 하였습니다. 그래서 어린아이의 마음을 기꺼웁게 하기도 할 뿐만 아니라 아이의 어머니 된 젊은 아내의 마음을 즐거웁게 하여주리라 하였습니다.

3

MW사에 왔습니다. DH, WC는 서로 바라보며 무슨 걱정인지 하고 있었습니다. 웬일인지 그 넓지 못한 방 안에서는 검푸른 근심의 그늘이 오락가락하였습니다. 저는,

"웬일들이야, 무슨 걱정 들었나?"

하였습니다. 얼굴 검은 DH는,

"그렇지 않아도 자네를 기다렸네. 그런 게 아니라 NC의 아내가 앓는다는 기별이 왔는데 본래 구차한 그 사람이 어떻게 근심

을 하겠나? 그래서 오늘 NC의 집까지 가볼까 하고 자네를 기다리던 터인데."

"무어야? NC의 아내가?"

"그래."

"그것 안되었네그려! 그러면 언제 가려나? 차비들은 준비되었나?"

"그것은 내가 준비하였어."

"그러면 가보세그려."

저는 다만 친구의 불쌍한 처지에 동정하는 마음을 견디지 못하였습니다. NC의 집은 시골입니다. 더구나 한적한 촌입니다. 그의 생활은 부유롭지 못하고 빈곤합니다. 그는 지금 자기의 손으로 농사를 짓습니다. 아침에 괭이 메고 논으로 갑니다. 저녁이면 시름없이 자기 집으로 돌아옵니다. 돌아온 그는 깜빡깜빡하는 유경鍮檠 밑에 깨알 같은 책을 봅니다. 그리고 시를 씁니다. 그의 시는 선생님도 보신 바가 있겠지요마는 참으로 완벽을 이룬 것이 적지 않습니다. 저는 NC의 한적한 생활을 부러워합니다. 조금도 불평이 없이 조금도 변함이 없는, 그의 굳은 신앙 아래 살아가는 것을 저는 부러워합니다.

저는 그의 눈물을 못 보았습니다. 그의 한숨이 저의 귀를 서늘하게 하지 못하였습니다.

4

　사랑하시는 선생님, 사람의 눈물이 있다고 하면 이러한 경우에 울지 않는 사람은 없을 것이지요? 만일 참으로 그 눈물이 눈물이라고 하면 이와 같은 눈물이 참눈물이겠지요.

　오늘 저녁이외다. 저희 세 사람은 NC가 사는 시골에 왔습니다. 정거장에서 십 리를 걸어 들어올 제 저희 세 사람은 참으로 공통된 의식, 공통된 감정을 머릿속과 가슴속에 품고 있었습니다.

　멀리 보이는 작은 별들은 옛날의 동방박사들을 베들레헴으로 인도한 듯이 우리를 보고서 재롱부려 깜박거립니다. 다닥다닥한 좀생이는 간지러운 듯이 옹기종기합니다. 밤은 어둡고 길은 험하오나 저희를 이끌어 가는 그 무슨 세력의 선이 끝나는 저편에는 반정反情이라는 낙원이 있습니다. 동지라는 그리운 '에덴'이 있습니다. 말이 없고 소리가 없이 걸어가는 우리 세 사람은 다만 쓸쓸하고 적막하고 심심하고 무미 담담한 NC의 집을 찾아가면서도 우리의 끓는 피와 타는 정열은 그 찾아가는 한적한 농촌을 싸고도는 가만한 공기를 꽃답고 찬란하게 그려놓으려 하였습니다.

　그러나 NC의 집에 다다랐을 때가 되었습니다. 초가집 가장자리를 싸고도는 암흑 속에서 이리 갔다 저리 갔다, 혼자 왔다 갔다하는 사람이 있었습니다. 그는 그때 눈을 감고 하늘을 쳐다보고 있었습니다. 우리는 그를 NC로 알았습니다. 우리는 다만,

"NC!"

하고 반가운 두 손을 내밀었습니다. 이것을 본 NC는 다만 아무소리가 없이 파리한 두 손을 내밀며,

"야! 어떻게들 이렇게 내려왔나?"

하며 힘없는 말소리에 처량한 기운이 도는 목소리로 대답을 하였습니다. 우리 세 사람 마음속에는 NC의 말소리를 들은 때에 그 무슨 애매한 의식을 깨달았습니다. 인생의 애가, 마음 아프고 가슴 저린 그 무슨 노래를 듣는 듯이 NC의 목소리에서는 푸른 기운이 돌았습니다.

NC는 아무 말이 없이 다만 번갈아 가며 우리 세 사람의 손을 단단히 쥐었습니다. 그러고는,

"나의 아내는 삼십 분 전에 영원한 해결解決의 나라로 갔네."

하였습니다.

NC의 눈에서는 여태까지 보지 못하던 눈물이 흘렀습니다. NC의 가슴은 에이고 붉은 피는 식고 애탄의 결정結晶인 뜨거운 눈물은 다만 차디찬 옷깃을 적시고 시름없이 식어버리더이다.

그 누가 말한 바와 같이 하늘에는 별이 있습니다. 땅에는 꽃이 있습니다. 바다에는 진주가 있습니다. 우리 사람에게는 뜨겁게 반짝이는 눈물이 있습니다. 누가 이것을 보고 울지 않는 이

가 있고, 누가 이 꼴을 보고 눈물을 흘리지 않는 이가 있을까요? 우리 세 사람은 한참이나 선 채로 울었습니다. 친한 친구, 사랑하는 동지자의 사랑하는 아내가 죽어간 것을 보았을 때 새삼스럽게 우리 인생의 모든 비애가 심약한 우리들을 울리었습니다.

5

오래 뵈옵지를 못하였습니다. 일주일 동안이나 NC의 집에 있었습니다. NC의 아내의 장례는 저희가 시골에 간 지 이틀 뒤였습니다.

초가을은 으스스하였습니다. 나뭇잎은 시체를 담은 상여 위에서 시들어가는 듯이 춤을 추었습니다. 상여꾼들의 목 늘여 부르는 구슬픈 구가는 길고 느리게 공동묘지로 향하는 산고개를 넘어가더이다.

아! NC의 아내는 영원히 갔습니다. 동리를 거치고 산모퉁이를 지나서 영원히 갔습니다. 그러나 NC의 머릿속에서 끝없이 울고 있을 그의 환영은 길고 긴 세월을 두고 우리 NC를 얼마나 울릴까요. 최고의 기억 속에서 시들스럽게 춤추는 그의 그림자는 몇 번이나 NC의 두 눈을 감개무량하게 하겠습니까?

새벽 서리 차디찬 밤, 초승달 갸웃드름한 저녁에 애타는 옛 기억 맘 아픈 옛 생각은 어느 곳 어느 자리에서 우리 NC를 울릴까요?

　제가 NC의 아내의 장례에 참례하였을 때에는 저도 또한 죽음과 생의 경계선에 서 있는 듯하였습니다. 죽음과 삶이라는 것이 무엇이 다를 것인가요? 살았다 함은 육체에 혈액이 돌고 모든 것을 의식하고 모든 것을 감각한다 함입니까? 죽음이라는 것은 모든 관능이 육체의 썩어짐과 함께 그 활동을 잃어버린다 함입니까? 저는 무한한 비애를 아니 느낄 수가 없었습니다.

6

　어저께 시골서 올라왔습니다. 오늘은 웬일인지 일기가 청명하더이다. 가냘프고 달콤한 공기가 저의 콧속을 통하여 쉴 새 없이 벌룩거리는 폐 속으로 지나 들어갈 때 어제까지는 시들은 듯한 저의 혈액은 정淨해진 듯하더이다.

　'낙망'이라는 그림을 그리면서 낙망을 염려하는 저는 쉬지 않고 꽃다운 희망으로 저의 가슴을 채웠었습니다. 그윽한 법열 속에서 브러시와 팔레트를 움직일 때 저는 살았으며 생의 진실을 맛보았습니다. 다만 제가 팔레트 판을 들고 캔버스를 격하여 앉았을 때가 저의 참생生이었습니다. '낙망'이라는 모토를 가진 그림을 그리면서도 무한한 장래와 끝없는 유열愉悅이 있었습니다. 애인의 손을 잡고 그의 귀 밑에 눈물을 떨어뜨리며 자기의 흉중을 하소연할 때와 같이 정결하고 달콤한 맛이 저의 전신을 물들였습니다.

오늘은 웬일인지 정신이 청징하였습니다. 일주일 가까이 자극이 적은 향토에서 논 까닭인지는 알 수 없으나 어떻든 한아한 정신으로 노곤한 안일 속에 오늘 하루를 지내었습니다.

그러나 안일에도 권태가 있고 법열도 깨일 때가 없지 않았습니다. 육체의 권태는 정신까지 권태하게 하더이다. 또다시 법열까지 깨뜨려 버리더이다.

저는 기지개 한번 하고 팔레트 판을 내던졌습니다. 그리고 캔버스를 집어 치우고 외투를 입고 모자를 쓰고 시계를 보았습니다. 그 시계는 두 시를 가리키고 있었습니다. 저는 두 시간의 여가가 있음을 알았습니다. 그래서 그 권태를 녹이기 위하여 SO의 집으로 가려 하였습니다.

SO는 불쌍한 여성이외다. 한 다리가 없는 불구자이외다. 나이는 이십 세이외다. 그는 한쪽 없는 다리를 끌면서 추우나 더우나 학교에를 십여 년이나 다녔습니다. 제가 중학교 사년급 다닐 때에 날마다 아침이면 같은 길모퉁이에서 만나는 것이 연이 되어 그와 사귀게 되어 지금까지 삼 년 동안을 지내왔습니다.

그에게는 나이 늙은 어머니 한 분밖에는 없습니다. 아침이나 저녁에 학교에 가고 올 때에는 그는 반드시 자기 딸의 학교에 가고 학교에서 오는 것을 바라보고 기다렸다 합니다. 학교에서 무슨 일이 있어 늦게 돌아오게 되면 그의 늙은 어머니는 반드시 학교 문 앞에까지 와서 자기의 딸을 기다리고 있었다 합니다.

아아! 선생님, 불구자의 모녀의 생활은 참으로 눈으로 볼 수 없는, 생각할 수 없게 불쌍하고 참담합니다. 그의 물질적 생활은 이 세상에서 제일 비참합니다. 그는 남의 집 곁방에서 바느질품으로 그날그날의 생활을 계속하고 있습니다.

오늘도 그 불쌍한 불구자를 찾아왔습니다. 문을 들어서며 기침을 두어 번 하였습니다. 그러나 웬일인지 그전에는 반드시 반가이 맞아주던 그 불구의 여성! 오늘은 그의 그림자를 볼 수가 없었습니다.

문간에 들어선 저의 마음은 저녁날에 산골짜기를 헤매는 듯이 휘휘하였습니다. 가련한 불구의 여성이 나를 맞아주지 않는 것이 저의 마음을 울게 하였습니다.

저는 또다시 기침을 하고 구멍이 뚫어지고 문풍지가 펄럭펄럭하는 방문을 열려 하였습니다. 그러나 저는 그 문을 열지 못하였습니다. 숭숭 뚫어진 문 틈으로 새어 나오는 불구인 여성의 모녀의 울음소리는 저의 감정을 연민의 정으로 물들였습니다. 저는 다만 망연하게 아무 말 없이 서 있었습니다. 말없이 서 있는 저의 주위는 나른한 공기가 불구자의 어머니와 불구인 여성의 울음소리를 싣고서 시들어지는 듯이 선무旋舞를 추었습니다.

조금 있다가 문이 열리더니 나오는 사람은 그의 늙은 어머니

였습니다. 그는 치맛자락으로 눈물을 씻으면서 저를 바라보더니,

"오셨습니까? 어서 방으로 들어가시지요?"

하며 돌아서서 코를 풀었습니다. 저는 무엇이라 물어볼 말도 없거니와 또다시 말할 것도 없어 다만,

"네, SO는 있나요?"

하며 방 안을 들여다보았습니다. SO의 어머니는,

"네. 있어요."

하고 저의 말에 대답을 하더니 다시 방 안을 들여다보며,

"얘, 선생님 오셨다."

하였습니다.

방 안에는 SO가 돌아앉아 여태껏 울고 있는지 차마 고개를 돌리지 못하고 다만 치마끈으로 눈물을 씻고 있었습니다. 그러나 제가 온 것을 보고서는 그대로 고개를 숙이고 몸을 틀어 돌아앉으면서,

"어서 오십시오."

하고 말갛게 피가 오른 두 눈으로 저를 쳐다보더니 다시 눈을 방바닥으로 향하였습니다. 저는 들어가기를 주저하였습니다. 그렇다고 그대로 돌아갈 수는 없었습니다. 저는 구두끈을 끄르고 그 방 안으로 들어갔습니다. 방 안으로 들어가려 할 때, 마루 끝에 놓여 있던 SO의 다리를 대신하는 나무다리가 저의 발길에

채여 덜컥하더이다. 저는 그때 근지럽고 누가 옆에서 '에비' 하고 징그러운 것을 저의 목에다 던져주는 듯이 진저리를 치는 듯이 방 안으로 뛰어 들어갔습니다.

SO는,

"오늘은 시간이 없으서요?"

하며 다른 때와 다르게 유심히 저를 쳐다보았습니다. 저는,

"이따가 네 시에나 시간이 있으니까요. 잠깐 다녀가려고 왔어요."

하고 자리를 정하고 앉았습니다.

"댁에 무슨 좋지 못한 일이 생겼습니까?"

하고 저는 그의 운 이유를 알아보려 하였으나 그는 다만,

"아녜요."

하고 부끄러움을 띠며 아무 말이 없었습니다.

저도 또다시 무엇이라 물어볼 수가 없어서 다만 사면만 돌아다보며 아무 소리가 없었습니다.

SO는 한참이나 가만히 있었습니다. 그러다가 반쯤 떨리는 목소리로,

"선생님!"

하고 저를 부르더니 또다시 아무 말이 없이 한참이나 꼼지락꼼지락하는 손가락만 바라보다가 저의 "네" 하는 대답을 재촉하는 듯이 또다시,

"선생님!"

하였습니다. 저는,

"네."

하고 그의 구부린 머리의 까만 머리털만 바라보았습니다.

"저는 병신입니다."

하더니 여태까지 참았던 눈물이 또다시 떨어져 방바닥 위로 시름없이 굴렀습니다. 이 소리를 듣는 저도 울고 싶었습니다.

"저는 병신인데요."

하고 힘 있는 어조로 또다시 한 말을 거푸하더니 그대로 방바닥에 엎드러져 울면서 목멘 소리로,

"병신인 저도 피가 있고 감정이 있습니다. 뜨거운 눈물과 새빨간 정열이 있습니다. 그러하나 불쌍한 저는 그 눈물을 가지고 혼자 우나 그 눈물을 알아주는 사람이 없으며, 그 정열을 혼자 태웠으나 그것을 받아주는 이가 없어요. 불쌍한 사람은 세상에서 더욱 불쌍한 구덩이에 틀어박으려 할 뿐이야요."

하며 느껴가며 울었습니다.

"저를 A 씨는 불쌍히 여겨주십니까? 만약 참으로 불쌍히 여겨주신다 하면 이 저의 마음까지 알아주세요."

하고 애소하듯이 저의 무릎에 엎디어 울었습니다.

선생님! 누가 이 말을 듣고 울지 않는 자가 있으며, 누가 불쌍히 여기지 않는 자가 있을까요? 저는 그만 SO를 껴안고 한참이

나 울었습니다.

"SO 씨, 울지 마셔요, 나는 당신을 불쌍히 여깁니다. 참으로 동정합니다."

"그러면 한 다리 없는 불구자인 저를 길이길이 사랑하여 주시겠어요?"

이 말을 들은 저는 다만,

"네?"

하고 아무 말이 없었습니다. 저는 그 말에 대답을 하지 못하였습니다. 저의 눈앞에 나타나 보이는 것은 저의 나이 젊은 아내였습니다. 자막대기 가지고 놀고 있던 어린아이였습니다. SO 는,

"네? A 씨 대답을 하여주셔요."

하고 저를 애소하는 두 눈에 방울방울 눈물을 괴고서 쳐다보았습니다.

아! 선생님. 이 SO를 저는 참으로 불쌍히 여깁니다. 참으로 동정합니다. 그가 눈물을 흘릴 때에 나도 눈물을 흘립니다. 그가 속 태울 때에는 나도 속을 태우려 합니다. 하늘 아래 지구 한 점 위에서 꼼지락거리는 이 병신인 SO를 저는 힘껏 붙잡고 울더라도 시원치가 못할 것 같습니다. 그러나 선생님, 그 불쌍히 여기는 마음이 생기는 그 찰나 사이에 벌써 사랑이라는 것이 간 것이 아닐까요. 그의 손을 잡고 따라서 같이 우는 것이 벌써 사랑

이 아니었을까요?

그러나 이 불구의 여성은 저를 사랑하려 합니다마는 저는 여성의 사랑을 얻고서 도리어 가슴이 아팠습니다. 진정한 사랑을 받으면서 그것을 물리치지 않을 수가 없었습니다.

저는 불구의 여성의 뜨거운 사랑을 받기에는 너무 불행한 사람이외다.

선생님! 육체의 불구자는 그 불구를 동정한 저로 말미암아 사랑의 불구자가 될 줄이야 꿈에나 알았사오리까? 사랑은 곧은 것이요 굽은 것 아니니 저는 벌써 그 곧은 길 위에 선 사람이외다. 저의 아내를 사랑하지 않은 바가 아니었나이다. 그러면 저는 저의 아내에게로 향하는 꼿꼿한 사랑을 일부러 꺾어 이 불구의 여성을 사랑할 수는 없었습니다. 불구의 여성이 불구의 여성이므로 그를 동정하는 동시에 저의 사랑을 불구가 되게 할 수는 없었습니다. 그러나 이 불구자의 눈물은 그 눈물이 저의 무릎 위에 떨어지는 때부터, 아니올시다, 그의 사랑이 저에게로 향할 때부터 벌써 그의 가슴에 어리어 있는 사랑을 불구자 되게 하였습니다. 그는 한 다리가 없는 것과 같이 그의 사랑은 한쪽 없는 사랑이었습니다.

저는 다만,

"SO 씨! 울지 마셔요. 저의 가슴은 SO 씨의 눈물로 인하여 녹아버리는 듯하외다. SO 씨의 눈물방울이 저의 마음 위에 한 방울씩 두 방울씩 떨어질 때마다 그 무슨 화살을 꿰뚫는 듯이 아프고쓰립니다."

할 뿐이었습니다.

"A 씨, 저는 다만 A 씨 한 분이 저를 참으로 사랑하여 주실 줄 알았었는데요."

하는 SO는 그 무슨 대답을 기다리는 듯이 아무 말이 없었습니다. 저는 다만,

"그만 우셔요. 자! 일어나셔요."

하고 가리지 못한 눈물을 씻을 뿐이었나이다.

저는 어젯날까지 많은 여성의 사랑을 받는 자를 행복자라 하였었습니다. 그러나 오늘 이 불구자의 하소연을 들을 때에 비로소 정情의 가슴이 아팠었습니다. 한 개의 사랑을 두 군데로 찢으려 할 때, 그 아픔을 알았습니다. 그 쓰림을 알았습니다. 한 개인 사랑을 가진 한 사람이 여러 사람의 여러 사랑을 받는 것의 그 가슴 저리고 불행한 것을 알았습니다.

아! 그러나 그 불구자는 더욱더욱 불구자가 되어갈 터이지요. 낙망과 원한의 심연에서 하늘을 우러러 그의 불행을 부르짖을 터이지요? 그 부르짖음의 애처로운 소리는 저의 피를 얼마나 식힐까요? 그 소리는 영원까지 저의 피를 얼마나 식힐까요? 그 소리는 영원까지 저의 귀 밑에서 슬피 울 터이지요?

선생님! 저는 이 참으로 사랑하는 여성의 사랑을 매정하게 물

리쳐야 할 것입니까? 영원토록 받아주어야 할 것입니까? 불쌍한 자의 울음을 들어주어야 할 것입니까? 불구자의 애소의 눈물을 저의 가슴에 파묻히도록 안아야 할 것입니까? 저는 다만 기로에 방황하며 약한 심정을 정하지 못하고 헤맬 뿐이외다.

"네, 알았습니다. 그러나 저는 SO 씨의 말씀에 그렇게 속히 대답할 수는 없습니다."

"그러면 언제 대답을 하여주시겠습니까?"

"네, 그것은 천천히 해드리지요."

하고 묻고 대답하는 말이 우리 두 사람 가운데서 교환되었습니다.

SO는 의심하는 듯이,

"그러면 저를 절대로 사랑하여 주시지는 않는다는 말씀이지요? A 씨의 가슴에는 저를 위하여서는 절대의 사랑이 없으시다는 말씀이지요?"

하며 원망하듯이 저를 쳐다보았습니다.

저는 무엇이라 대답해야 할는지 몰랐습니다. 참으로 저에게 절대의 사랑이 그때 있었습니까? 참으로 없었습니다. 절대의 동정과 연민은 있었을는지 알 수 없어도 절대의 사랑은 없었습니다. 타산이 있었으며 주저가 많았습니다. 어떠한 때에는 불구자라는 근지러운 대명사가 진저리치게까지 하였습니다.

아무 대답도 없는 저를 보던 SO는

"저는 알았습니다. 저는 영원토록 불구자이외다. 한 귀퉁이가 이즈러진 사랑의 소유자이외다. 그뿐 아니라 저는……."

하더니 단념과 원망이 엉킨 두 눈에는 어리석은 눈물이 어느 틈에 말라버리고 냉소와 저주가 맺힌 듯할 뿐이었습니다. 이 소리를 듣는 저는 어쩐지 마음이 으스스 차고 몸이 달달 떨리는 듯하여 그의 눈물을 다시 보고 싶었습니다. 그러고는 그의 단념과 원망과 냉소와 저주가 맺힌 듯한 표정을 볼 때 저는 또다시 그의 마음을 풀어뜨리어 힘없고 연하게 울리고 싶었습니다. 저는,

"SO 씨!"

하고 그의 손을 잡으며,

"저는 영원토록 SO 씨를 잊지는 못하겠습니다."

하였습니다. 그는,

"네. 저를 잊지 말아주서요. 저도 눈을 감을 때까지는 A 씨를 잊지 못하겠지요."

할 뿐이었습니다.

7

SO의 집에서 나온 저는 학교를 향하여 갔었습니다. 아직까지 청정하던 심신은 웬일인지 불구인 여성의 집을 다녀 나온 후부

터는 흐릿하고 몽롱할 뿐만 아니라 침울하고 센티멘털로 변하였습니다.

저는 학교에 갑니다. 한 시간의 도화를 가르치기 위함보다도 그 보수를 바라고 갑니다. 세상에 제일 불행한 범죄가 있다 하면 아마 이와 같은 자이겠지요. 뜻하지 않고 내 마음에 있지 않은 짓을 한 뭉치의 밥 덩어리와 김치 몇 쪽의 충복할 식물을 위하여 알면서 행한다 하면 죄인 줄 알면서 타인의 물건을 도적한 기한飢寒에 쪼들린 자와 얼마나 나을 것이 있겠습니까? 남의 물건을 도적한 자의 양심이 떨린다 하면 그만큼 비례한 저의 양심도 떨리었을 것이며, 박두하는 기한에 못 이겨 다른 사람의 물건을 도적한 사람의 생을 갈구한 것을 동정할 것이라 하면 생명을 잇기 위하여 자기의 양심을 속이는 이 A라는 화가도 또한 동정을 구할 수가 있을 것일는지요?

저는 학교 정문에 들어섰습니다. 그때 마침 M 교주校主가 학교를 다녀가는 길인지 자동차에 오르려 할 때였습니다. 그때에 그 간사한 이 선생은 M 교주의 팔을 부축하여 자동차 속으로 몰아넣었습니다. 저는 이것을 보고 크게 웃었습니다. 옆에서 웃는 것을 보는 박 선생은,

"왜 웃으시우?"

하며 눈을 흘기더니,

"그게 무슨 무례한 짓이오?"

하더이다. 저는 또다시 한번 껄껄 웃으면서,

"박 선생은 나의 웃는 의미를 모르시는구려."

하고,

"인형이외다. 인형예요. 두 팔 두 다리가 있고도 못 쓰는 인형이외다. 인형은 인형이니까 말할 것도 없지마는 인형을 부축하는 어리석은 사람을 보고서는 나는 아니 웃을 수가 없지요."

하고는 그대로 돌아서서 교실 안으로 들어갔습니다.

오늘은 그믐날이외다. 월급 타는 날이외다. 사무실에 들어선 저는 다만 보이는 것이 회계의 동정뿐이었습니다. 그리고 그 돈을 가지고 쓸 궁리를 하고 있었을 뿐이었습니다. 오늘도 어린애 모자를 하나 사다 주고 사랑하는 아내의 목도리를 하나 사주어야 하겠다 하였습니다.

이십오 원이라는 월급을 기다리는 저의 마음은 웬일인지 쑵쓸하고도 저의 몸이 불쌍해 보였습니다. 그리고 공연히 심중이 났습니다.

교실에 들어가 분필을 들고서 칠판 위에 그림을 그릴 때에는 모든 학생들까지 밉살스러울 뿐이었습니다. 그리고 그 학생들이 저의 운명을 이렇게 만들어준 듯하기도 하였습니다. 저는 마음에없는 한 시간을 아니 지낼 수가 없었습니다.

그날은 학생들에게 숙제를 해 오라 한 날이었습니다. 그 사십 명 학생 중에 숙제를 해 오지 않은 학생이 다섯이 있었습니다.

그중에 그중 나이 적고 옷을 헐벗은 학생은 제가,

"왜 숙제를 안 해 왔소?"

할 때 그는 다만 아무 말 없이 한참이나 있더니 뜨거운 눈물을 흘리면서 자꾸자꾸 울고 섰을 뿐이었습니다. 다른 애 학생은 여러 가지 핑계로써 선생인 저를 속이려 하였습니다. 저는 그 눈물흘리는 학생을 바라보고 또다시 다 뚫어진 양말을 볼 때 어쩐지 측은한 생각이 나서,

"왜 대답은 아니 하고 울기만 하시오?"

하며 그의 어깨에 팔을 대니 선생인 저의 손이 그의 어깨를 어루만지는 것이 더욱 그의 감정을 느즈러지게 하였던지 더욱더욱 느끼어 울 뿐이었습니다. 그러다가는 북받치는 울음소리와 함께,

"집에서 돈이 없다고 도화지를 사주지 않아요."

하였습니다.

선생님! 제가 이 학생을 벌줄 자격이 있습니까? 없습니까? 저는 다만 창연한 두 눈으로 그 어린 학생을 바라보며,

"여보시오, 참마음만 가지면 그만이오. 나는 당신의 그림 그려오지 않은 것을 책하려 한 것이 아니라, 당신의 참성의가 없었는가 하는 것을 책하려 함이었소. 당신의 눈물 한 방울은 오늘 그려오지 못한 그 그림보다 몇 배의 가치가 있는 것이오."

하였습니다.

하학 후 사무실로 나왔습니다. 회계는 나를 보더니 아주 은근한 듯이,

"A 선생님, 이리로 좀 오십시오."

하고 자기 곁으로 부르더니 봉투에 집어넣은 월급을 저의 손에 쥐여주면서,

"담뱃값이나 하십시오."

하였습니다. 저는 그것을 받는 것이 어쩐지 부끄러웠습니다. 그래서,

"네, 고맙습니다."

하고 그대로 보지도 않고 주머니에다 넣었습니다.

날은 점점 어두워가느라고 회색의 저녁 빛이 온 시가를 싸고도는데 저는 학교 문밖에 나와서야 그 봉투를 다시 끄집어내어 그 속에 있는 돈을 꺼내보았습니다. 그 속에는 십칠 원 오십 전, 십칠 원 오십 전이 들어 있었습니다. 저는 멈칫하고 섰습니다. 그리고 '어째 십칠 원 오십 전만 되나?' 하고 한참이나 의아하여 생각을 하고 있을 때에 문득 생각나는 것은 NC의 집에 갔었던 것이외다. 아내 잃은 친우를 찾아갔던 일주일간의 노력의 대가는 학교에서는 제하여졌습니다.

아! 선생님, 저의 손에는 십칠 원 오십 전이 있습니다. 일 개월 노력한 대가는 십칠 원 오십 전이외다. 불쌍한 젊은 화가의 양심을 부끄럽게 한 대가가 십칠 원 오십 전이외다.

저는 하는 수 없었습니다. 회색 봉투에 집어넣은 그 돈을 들고 SO 집까지 무의식중에 왔습니다. 하늘의 구름장 사이로는 가리었다 보였다 하는 작은 별들이 이 우스운 젊은 A를 비웃는 듯이 내다보고 있었습니다. 회색의 감정이 공연히 저의 마음을 울분하고 원망스럽게 하였습니다.

SO의 집에는 무엇하러 왔을까요? 그것은 저도 알지 못하였습니다. 문간에 와서야 내가 무엇하러 여기를 왔나 하고 그대로 집으로 돌아가려 하였습니다. 그러나 저의 가슴에서 때 없이 울고 있는 그 무슨 하모니는 저의 발을 SO의 집 안으로 끌어들였었습니다. 그러나 저는 그전과 같이 서슴지 않고 그대로 들어갈 수가없었습니다. 조그마한 문으로 흘러나오는 무거운 공기는 급히 흐르는 시냇물같이 저의 가슴으로 몰려오는 듯하였습니다.

저는 다만 문간에 서서 도둑놈같이 문 안을 엿듣고 망설였습니다.

선생님! 사랑도 아무것도 하지 않겠다고 할 적에는 서슴지 않고 아무 불안도 없이 다니던 제가 오늘은 어찌하여 죄지은 자 모양으로 들어가기를 주저하였으며, 가슴이 거북하였을까요?

죄악이 아닌 사랑을 주려 하는데 저는 가슴이 떨림을 깨달았으며, 잘못이 아닌 사랑을 준다는 사람의 집에 들어가기를 주저하였습니다.

저는 십 분 동안이나 서 있었습니다. 그때에 또다시 그 불구자의 모녀의 울음소리는 그전보다 더 저의 마음을 훑는 듯하고 쪼개는 듯하였습니다. 그리고 모든 비애를 저의 가슴 위에 실어 놓는 듯이 무겁게 슬폈습니다. 그러나 저의 눈에는 눈물이 없었습니다. 학교에서 받은 일 개월 노력의 대가인 십칠 원 오십 전이 저를 울분하게 하였음이 공연히 저의 눈물까지 막아버리었습니다. 저는 한참이나 그 울음소리를 들었습니다. 울음에 섞이어 나오는 늙은 어머니의 떨리는 목소리로 분명치 못하게 들리는 것은,

"SO야, 이제는 그만 한길 귀신이 되었구나."

하고 실히 얼어붙은 듯한 불쌍한 소리였습니다.

저는 그제야 그 눈물을 알았습니다. 불구자의 모녀는 몸을 담을 집이 없습니다. 그는 오늘에 몇 푼 안 되는 세전貰錢으로 말미암아 집에서 내어쫓깁니다.

창밖에서 듣고 있는 이 A의 주머니에는 십칠 원 오십 전이 있습니다. 이 A는 그래도 한길에서 방황하지는 않겠지요? 저는 그 주머니의 십칠 원 오십 전을 꺼냈습니다. 그리고 연필로 봉투에 A라 썼습니다. 저는 그 찰나간에 절대의 동정이 제 가슴속에서 약동하였습니다. 저의 피를 뜨겁게 힘 있게 끓게 하였습니다.

저는 그 돈을, 문을 소리 없이 가만히 열고 가만히 마루 위에 놓았습니다. 그리고 절도竊盜와 같이 그 문을 떨리는 다리로 얼

른 뛰어나왔습니다. 그리고 뒤도 돌아보지도 않고 저의 집으로 향하여 갔습니다.

집에서 아내가 돌아오기를 고대하겠지요. 어린 자식은 아버지오면 때때 모자를 사다 준다고 몽실몽실한 손을 고개에 괴고 이 젊은 아버지 돌아오기를 바라고 있을 터이지요. 그러나 월급날인 오늘의 저의 주머니는 벌써 한 닢도 없는 털터리가 되었습니다. 저의 들어가는 대문 소리를 듣고 다른 날보다 더 반가이 맞아주는 젊은 아내에게 그의 마음을 만족시켜 줄 아무것도 없습니다. 어린 자식의 기뻐 뛰는 마음을 도리어 풀이 죽게 할 뿐이겠지요.

그러하오나 어둠 속으로 파고들어 가듯이 암흑한 동리를 걸어가는 이 A의 마음은 웬일인지 만족한 기꺼움이 있었으며 싱싱한 생의 약동이 있었습니다. 저는 또다시 MW사로 왔습니다. 거기에는 DH와 WC가 웅크리고 앉아서 무슨 책을 보고 있더니 저를 보고서,

"어떻게 되었나?"

하였습니다. 그것은 저의 월급 말이었습니다. 저는 모자를 벗고 구두끈을 끄르면서 기가 막힌 듯이 쓸쓸히 웃으면서,

"흥! 나의 일 개월 동안의 대가는 참으로 값있게 써버리었네."

하였습니다.

여이발사

입던 네마끼(자리옷)를 전당국으로 들고 가서 돈 오십 전을 받아 들었다. 깔죽깔죽하고 묵직하며 더구나 만든 지가 얼마 되지 않은 은화 한 개를 손에 쥐일 때 얼굴에 왕거미줄같이 거북하고 끈끈하게 엉키었던 우울이 갑자기 벗어지는 듯하였다.

오자노미스お茶の水 다리를 건너 고등여학교를 지나 순천당병원 옆길로 본향을 향하여 걸어가면서 길거리에 있는 집들의 유리창이라는 유리창은 남기지 않고 들여다보았다. 그 유리창을 들여다볼 때마다 햇볕에 누렇게 익은 맥고모자 밑으로 유대의 예언자 요한을 연상시키는 더부룩하게 기른 머리털이 가시덤불처럼 엉클어진 데다가 그것이 땀에 젖어서 장마 때 뛰어다니는 개구리처럼 된 것이 그 속에 비칠 때,

'깎기는 깎아야 하겠구나.'

혼자 속으로 중얼거리고서는 다시 모자를 벗고서 귀밑으로 거북하게 기어 내리는 머리를 두어 번 쓰다듬은 후에 다시 땀내 나는 모자를 썼다.

그러자 그는 어떠한 고등 이발관이라는 간판 붙은 집 앞에 섰다. 그러나 머리를 깎으리라 하고서도 그 고등 이발관에는 들어갈 용기가 없었다.

그곳 이발 요금은 자기가 가진 재산 전부와 상당하다. 몇 시간을 두고 별러서 네마끼를 전당국에 넣어서야 겨우 얻어 가진 단돈 오십 전이나마 그렇게 쉽게 손에 들어온 지 한 시간이 못되어서 송두리째 내주기는 싫었다. 그리고 다만 십 전이라도 남겨서 주머니 귀퉁이에서 쟁그렁거리는 소리를 듣게 하는 것이 얼마간 빈 마음 귀퉁이를 채워주는지 모르는 듯하였다.

전기 풍선風扇이 자랑스럽고 위엄 있게 돌아가며 제 빛에 뻔쩍거리는 소독기 놓인 고등 이발관을 지나놓았다. 그러고는 또다시 얼마큼 걸어갔다. 동경만에서 불어오는 태평양 바람이 훈훈하게 이마를 스쳐 가고 땅에서 올라오는 복사열이 마치 짐승 튀해내는 가마 속에 들어앉은 듯하게 한다. 옆으로 살수차가 지나가기는 하나 물방울이 떨어지기도 전에 흙덩이는 지렁이 똥처럼 말라버린다.

어디 삼등 이발소가 없나 하고 찾아보았다. 삼등 상옥床屋에를 들어가면 이십 전이면 깎는다. 학생 머리 하나 깎는 데 이십 전이면 족하다. 그러면 삼십 전이 남는다.

삼십 전 지출하고도 잔여가 지출액보다 많다. 그것을 생각할 때 얼마간 든든한 생각이 났다. 그래도 주머니 속에 삼십 전이 들어 있을 것을 생각하매 앞길에 할 일이 또 있는 듯하였다.

교의가 단둘이 놓이고 함석으로 세면대를 만들어놓은 삼등 상옥에 왔다. 속을 들여다보았다.

주인이 신문을 든 채로 졸고 앉아 가끔가끔 물 마른 물방아 모양으로 *끄*덕*끄*덕 *끄*덕거리며 부채로 파리를 쫓는다.

용기가 났다. 의기양양하게 썩 들어섰다. 그리고 주인의 잠이 번쩍 깨이도록,

"곤니치와."

하고 인사를 하였다. 주인은 잠잔 것이 황송한 듯이 벌떡 일어나더니 굽실굽실하면서 방에서 *끄*는 짚세기를 꺼내놓으면서,

"어서 오십시오."

인사를 하고서 저쪽 교의 뒤에 가 등대나 하고 있는 듯이 서 있다. 모자를 벗어 걸었다. 그리고 양복 웃옷을 벗은 후 교의에 나가 앉으면서 그래도 못 미더워서 정가표에 써 붙인 것을 곁눈으로 보았다. 생각한 바와 마찬가지로 이십 전이다. 적이 안심이되었다. 그러나 또 없는 사람은 튼튼한 것이 제일이다. 전차를 타려고 전차료 한 장 넣어둔 것을 전차에 올라서기 전에 미리 손에다 꺼내 드는 것이나 마찬가지로 그래도 튼튼히 하리라 하고 번연히 바지 주머니에 아까 전당표하고 얼려 받으면서 그대로 받는 대로 집어넣은 오십 전 은화를 상고해 보고 전당표를 보이면은 창피하니까 돈만 따로 한 귀퉁이에다 단단히 눌러 넣은 후에 머리 깎을 준비로 떡 기대앉았다.

머리 깎는 기계가 머리 표면에서 이리 가고 저리 갈 때 그 머

릿속으로 여러 가지 궁리를 한다. 물론 돈 쓸 일은 많다. 그러나 삼십 전이라는 적은 돈을 가지고서 최대한도까지 이익 있게 활용해야 할 것이다. 하숙에서는 밥값을 석 달 치나 못 내었으니까 오늘낼로 내쫓는다고 재촉이다. 그러나 집에서는 돈 부쳐줄 만하지는 못하다. 그렇다고 그대로 있을 수는 없다. 어디 가서 거짓말을 해서 단돈 십 원이라도 만들어야 할 것이다. 시부야澁谷에 있는 제일 절친한 친구 하나가 살그럭댈그럭 돌아가는 머리 깎는 기계 소리와 함께 눈앞에 보인다. 그러나 그놈에게 가서 우선 저녁을 뺏어 먹고 돈 몇십 원 얻어 와야겠다. 그놈의 할아버지는 그믐날이면 꼭꼭 전보로 돈을 부쳐주니까 오늘은 꼭 돈이 왔을 터이지! 나는 며칠 있다가 우리 외가에서 돈을 부쳐주마 하였다 하고 우선 거짓말이라도 해서 갖다 쓰고 볼 일이지. 그렇다. 그러면 여기서 거기까지 걸어갈 수는 없으니까 전차 왕복에 십 전이다. 십 전이면 될 것이다. 그리고 또 이십 전이 남지? 그것은 이렇게 더운데 얼음 십 전어치만 먹고 십 전은 내일 아침이나 이따 저녁에 목욕을 갈 터이다. 그래 동전 몇 푼이 남는다 할 때 기계가 머리끝을 따끔하게 집는다. 화가 났다. 재미있게 예산을 치는데 갑자기 따끔함을 당하니까 그 꿈같이 놓은 예산은 다 달아나고 저는 여전히 교의 위에 앉아 있다.

분풀이가 하고 싶어서 못 견딜 지경이다. 그러나 어떻게 분풀이를 하랴? 일어나서 때려줄 수도 없고 그렇다고 책망할 수도

없다. 다만,

"이크! 아퍼."

하고 상을 찌푸렸다. 놈은 퍽 미안한 모양이다. 허리를 깜죽깜죽하며,

"안되었습니다. 안되었습니다."

할 뿐이다. 석경 속으로 들여다보니까 미안한 표정이라고는 허리 깜죽깜죽하는 것뿐이다. 허리는 그만 깜죽거리고 입 끝으로 잘못했습니다 소리는 하지 않더라도 다만 눈 가장자리에 참 미안해하는 표정을 보고 싶었다. 그래서 나도 웬일인지 그놈의 허리만 깜죽깜죽하는 꼴이 아주 마음에 차지 않아서 당장에 무슨 짓을 해서든지 나의 머리끝을 집어뜯은 보복이 하고 싶어 못 견디었다.

그럴 때 마침 놈이 나의 머리를 조금 바른편으로 틀라는 듯이 두 손으로 지그시 건드렸다. 나도 옳다 하고 일부러 왼편으로 틀었다. 고개를 들라 하면 수그리고 수그리라 하면 들었다. 그리고 일부러 몸짓을 하고 고갯짓을 하였다.

그러면서 석경 속으로 그놈의 얼굴을 보니까 이마에 내 천 자를 그리고 눈썹과 눈썹 사이는 말라붙은 듯이 쭈글쭈글하다. 화가 나는 것을 약 먹듯 참는 모양이다.

기계를 갖다 놓고 몸을 탁탁 털 적에 긴 한숨 쉬는 소리가 들린다. 그러고는 솔로다 머리를 털면서 내 얼굴을 다시 한 번 들

여다본다. 어떤 놈인가 자세히 보고 싶은 모양이다. 그럴 때,

"진지 잡수서요."

하는 은령銀鈴 같은 소리가 들린다. 그 목소리 하나만 가져도 미인 노릇을 할 듯한 여성의 소리이다. 깜깜한 난취한 세상에서 가인의 노래를 듣는 듯이 피가 돌고 가슴이 뛰고 마음이 공중에 뜬다.

"밥?"

높은 기계를 솔로 쓸면서 오만스럽게 대답을 한다. 그것으로써 내외인 것을 짐작하였다.

"이리 와서 이 손님 면도를 좀 해드려."

하는 소리가 분명치 못하게 들리었다. 나는 그 소리를 분명히 이해할 때까지 적어도 이 분은 걸렸다. 왜 그런고 하니 여편네더러 그렇게 손님의 면도를 하라고 할 리가 없는 까닭이다. 그러할 리가 있기는 있다. 동경서 여자가 머리를 깎는 이발관이 한두 군데가 아니지마는 자기의 머리를 여자가 깎아준다는 것까지는 아주 예상 밖인 까닭이다.

놈이 들어가더니 년이 나온다. 석경 속으로 우선 그 여자의 얼굴부터 상고하자! 그 상고하려는 머릿속이야말로 좋은 기대와 또는 불안이 엉키었다 풀렸다 한다. 남의 여편네 어여쁘거나 곰보딱지거나 무슨 관계가 있으랴마는 그래도 잘 못생겼으면 낙담이 되고 잘생겼으면 마음이 기쁘고…… 부질없는 기대가

있다.

석경 속으로 비추었다. 에그머니 나이는 스물셋 아니면 넷인데 무엇보다도 그 눈이 좋고 입이 좋고 그 코가 좋고 그 뺨이 좋다. 머리는 흉헙다 좋다 할 수가 없고 허리는 호리호리한 데다 잠깐 굽은 듯한데 전신의 윤곽이 기름칠한 것같이 흐른다. 어떻든 놈에게는 분에 과한 미인이요, 만일 날더러 데리고 살겠느냐 하면 한 번은 생각해 보아야 할 만한 여자이다.

손이 면도칼을 잡는다. 손도 그렇게 어여쁜 줄은 몰랐다. 갓 잡아놓은 백어가 입에다 칼을 물고 꼼지락거리는 듯이 위태하고도 진기하다. 이제는 저 손이 나의 얼굴에 닿으렷다 할 때 나는 눈을 감았다. 사람이 경이를 좋아하는 것은 아마 통성일 것이다. 나는 그 칼을 든 어여쁜 손이 이 뺨 위에 오는 것을 보는 것보다 눈 딱 감고 있다가 갑자기 와 닿는 것이 얼마나 나에게 경이로운 쾌감을 줄까 하고서 눈을 감았다. 비누칠을 할 적에는 어쩐지 불쾌하였다. 그러더니 잔등에 젖내 같은 여성의 냄새와 따뜻한 기운이 돌더니 내가 그 여자의 손이 와서 닿으리라 한 곳에 참으로 그 여자의 따뜻한 손가락이 살며시 지그시 눌리인다. 그러고는 나의 얼굴 위에는 감은 눈을 통하여 그 여자의 얼굴이 왔다갔다 하는 것이 보인다. 뺨을 쓰다듬는다. 비단결 같은 손이 나의 얼굴을 시들도록 문지르고 잘라진 꽁지가 발딱발딱 뛰는 도마뱀같은 손가락이 나의 얼굴 전면에서 제멋대로 댄

스를 한다. 그러고는 몰약을 사르는 듯한 입김이 나의 콧속으로 스쳐 들어오고 가끔가끔 가다가 그의 몽실몽실한 무릎이 나의 무릎을 스치기도 하고 어떤 때 나의 눈썹을 지을 때에는 거의 나의 무릎 위에 올라앉을 듯이 가까이 왔다. 눈이 뜨고 싶어 못 견디었다. 그의 정성을 다하여 나의 털구멍과 귓구멍을 들여다 보는 눈이 얼마나 영롱하여 나의 영혼을 맑은 샘물로 씻는 듯하 였다. 그리고 나의 입에서 몇 치가 못 되는 거리에 있는 그의 붉 은 입술이 얼마나 나의 시든 피를 끓게 하고 타게 하는 듯하랴. 그러나 나는 눈을 뜨지 못하였다. 칼 든 여성 앞에서 이렇게 쾌 감을 느끼고 넘치는 희열을 맛보기는 처음이다. 면도질이 거의 끝나간다. 그것이 말할 수 없이 싫었다. 그리고 놈이 밥을 먹고 나오면 어찌하나 공연히 불안하였다.

면도가 끝나고 세수를 하고 다시 얼굴에 분을 바른다. 검은 얼굴에 하얀 분을 바르는 것이 우습던지 그 여자는 쌩긋 웃다가 그 웃음을 참으려고 입술을 이로 깨무는 것은 가슴을 깨무는 듯 이 부끄럽기도 하고 아프게 좋다. 한번 따라서 빙긋 웃어주었다.

그러니까 그 여자는 아주 툭 터져버리었다. 그러고도,

"왜 웃으서요?"

하고서 은근히 조롱 비슷하게 나의 어깨에서 수건을 벗기면 서 묻는다. 나도 일어서면서,

"다 되었소?"

하고서 그 여자를 보니까 또 보고 웃는다.

"왜 웃어요?"

하는 마음은 공연히 허둥지둥해지고 싱숭생숭해진다. 그래도 대답이 없이 웃기만 한다. 나는 속으로 '미친년' 하고서 돈을 내리라 하였다. 그러나 그대로 나가는 것은 무미하다. 웃는 것이 이상하다. 아무리 해도 수상하다. 그래서 어디 말할 시간이나 늘여보려고 술이 있으면 술이라도 청해보고 싶지마는 물을 한 그릇 청했다. 들어가더니 물을 떠가지고 나왔다. 나는 그것을 마시면서,

"무엇이 그리 우스워요."

하고 그 여자를 지근거리는 듯이 웃어보았다.

"아냐, 아무것도 아니야요."

그 여자는 웃음을 참고 얼굴을 새침하면서 그래도 터질 듯 터질 듯한 웃음이 그의 두 눈으로 들락날락한다. 그 꼴을 보고서 그의 손을 잡고서 손등을 쓰다듬으며 '손이 매우 어여쁘구려' 하고 싶을 만치 시룽시룽하는 생각이 그 여자에게서 감염되는 듯하였으나 그래도 참고서 요다음으로 좋은 기회를 물릴 작정 하고,

"얼마요?"

뻔히 아는 요금을 물어보았다. 그 여자는

"이십 전."

하고 고개를 구부린다. 나는 오십 전 은화를 쑥 내밀었다. 그 고운 손 위에 그것이 떨어지며 나는 모자를 쓰고 나오려 하면서,

"또 봅시다."

하였다. 그 여자는 쫓아 나오며,

"거스른 것을 가지고 가십시오."

하고서 나를 부른다. 어떻게 그것을 받을 수가 있으랴. 그때에는 시부야 친구도 없고 빙수도 없고 목욕도 없고 하숙에서 졸리는 것도 없다. 나는 호기 있게,

"좋소."

하고 그대로 오다가 다시 돌아다보니까 그 여자가 그대로 서서 나를 보고 웃는다. 나는 기막히게 좋다. 나는 활개를 치고 걸어온다. 그러고는 그 여자가 자기와 그 여자 사이에 무슨 낙인이나 쳐놓은 것처럼 다시는 변통할 수 없이 그 무엇이 연결되어진 듯하였다. 그러고는 말할 수 없는 만족이 어깻짓 나게 하며 활갯짓이 나게 한다. 얼른얼른 가서 같은 하숙에 있는 K군에게 자랑을 하리라 하고서 겅정겅정 걸어온다.

오다가 더워서 모자를 벗었다. 벗고서 뒤통수에서부터 앞이마까지 두어 번 쓰다듬다가,

"응?"

하고서 얼굴을 갑자기 쓴 것을 깨문 것처럼 하고 문득 섰다가

"이런 제기."

하고서 주먹을 쥐고 들었던 모자를 내던질 듯이 휙 뿌렸다.

"그러면 그렇지, 삼십 전만 내버렸구나."

하고서 다시 한 번 어렸을 적에 간기를 앓으므로 쑥으로 뜬 자죽만 둘째 손가락 끝으로 만져보았다.

자기를 찾기 전

Ⅰ

1

어떤 장질부사 많이 돌아다니던 겨울이었다. 방앗간에 가서 쌀을 고르고 일급을 받아서 겨우 그날그날을 지내가는 수님이는 오늘도 전과 같이 하루 종일 일을 하고 자기 집에 돌아왔다.

자기 집이란 다 쓰러져가는 집에 안방은 주인인 철도 직공의 식구가 들어 있고, 건넌방에는 재감장사 식구가 들어 있고, 수님의 어머니와 수님이가 난 지 며칠 안 되는 사내 갓난아이와 세 식구는 그 아랫방에 쟁개비를 걸고서 밥을 해 먹으면서 살아간다.

수님이는 몇 달 삼대 같은 머리를 충충 땋고서 후리후리한 키에 환하게 생긴 얼굴로 아침저녁 돈벌이를 하러 방앗간에를 다니는, 바닷가에 나와서 뛰어다니는 해녀 같은 처녀였다.

그런데 몇 달 전에 그는 소문도 없이 머리를 쪽 찌었다. 그리고 머리 쪽 찐 지 두서너 달이 되자 또 옥동 같은 아들을 순산하였다. 아들을 낳고 몇 달 동안은 그 정미소에 직공 감독으로 있는 나이 스물칠팔 세쯤 되고 머리에 기름을 많이 발라 착 달라붙여 빤빤하게 윤기가 흐르게 갈라붙이고 금니 해 박은 얼굴빛이 오래된 동전

빛같이 붉고도 검은 젊은 사람 하나가 아침저녁으로 출입을 하며 식량도 대어주고 용돈 냥도 갖다 주며 어떤 날은 수님이와 같이 가기도 하였다.

그러더니 그 동리에 새 소문 하나가 퍼지었다.

"수님이는 처녀 때 서방질을 해서 자식을 낳았다지!"

"어쩌면 소문 없이 시집을 가?"

"그러나저러나 그마마 남편 되는 사람이 뒤를 보아주지 않는다네."

"벌써 도망간 지가 언제라고, 방앗간 돈을 이백 원이나 쓰고서 뒤가 물리니까 도망갔었다던데."

하는 소문이 나기는 그 애 아버지 되는 직공 감독이 수님이 집에 발을 끊은 지 일주일쯤 되어서였다.

수님이는 집에 들어와 머릿수건을 벗어놓고 방문을 열며,

"어머니! 어린애가 또 울지 않았어요?"

하고 아랫목에 누더기 포대기를 덮어서 뉘어놓은 어린애 앞으로 바짝 가서 앉아 눈 감고 자는 애의 새큰한 젖내 나는 입에다 제입을 대어보더니,

"애개, 어쩌면 이렇게두 몸이 더울까? 아주 청동화루 같으이!"

하고는 다시 아래위를 매만져 준다. 옆에 앉아 있는 그의 어머니란 나이 오십이 넘어 육십을 바라보는 노파라, 가뜩이나 주름살이 많은 이맛살을 잔뜩 찌푸리고 실룩하게 된 눈을 더욱 실룩하게 해

가지고 무엇이 그리 시답지 않은지 삐죽한 입을 내밀고서 귀먹쟁이처럼 아무 말이 없이 한참 앉았다가 잠깐 체머리를 흔드는 듯하더니 말이 나온다.

"얘, 말 마라. 아까 나는 그 애가 죽는 줄 알았다. 점심때가 좀 넘어서 헛소리를 하더니 두 눈을 허옇게 뒤집어쓰고서 제 얼굴을 제 손으로 쥐어뜯는데…… 에 무서! 나는 꼭 죽으려는 줄 알았어."

수님이는 걱정이 더럭 나고 또 죽는다는 말에 무서운 생각이 나서,

"그래 어떻게 하셨소?"

"무얼 어떻게 해! 어저께 네가 지어다 둔 그 가루약을 물에 다타 먹였더니 지금은 조금 덜한지 잠이 들어 자나 보다."

"그래, 그 약을 다 먹이셨소?"

"다 먹었지. 어디 얼마 남았더냐, 눈곱재기만큼 남았던걸!"

"그래 아주 없어요?"

"다 먹었다니까 그러네."

수님이는 조금 여윈 얼굴에 봄철에 늘어진 버들가지같이 이리저리 겨 묻은 머리털이 두서너 줄 섬세하게 내리덮인 두 눈에 근심스러운 빛을 띠고서 다시 쌔근쌔근 코가 메이어 숨소리가 높은 어린 애를 보더니,

"그럼 어떻게 하나. 돈이 있어야 또 약을 지어 오지, 오늘 번 돈이라고는 어제보다 쌀이 나빠서 어떻게 뉘와 돌이 많은지 사십 전밖

에 못 벌었는데 이것으로 약을 또 지어 오면 내일 아침 쌀 못 팔 텐데."

하며 다시 고개를 돌려 자기 어머니를 쳐다보다가 어머니 얼굴이 불쾌해 보이니까 다시 고개를 어린애 편으로 돌리자 어린애는 무엇에 놀랐는지 갑자기 눈을 번쩍 뜨고 두 손을 공중으로 대고 산약山藥 같은 손가락을 벌리고서 바늘에 찔린 듯이 와아 하고 운다.

수님이는 우는 소리를 듣더니 질겁을 해서 어린애를 끼어안고 허리춤에서 젖을 꺼내어 물려주며,

"오, 오, 우지 마, 우지 마."

하며 어린애를 달래면서 추스른다. 젖꼭지가 입에 들어가니까 조금 애는 울음을 그치었다. 수님이는 한 손으로 어린애가 문 젖을 가위 집듯 집어서 지그시 누르면서,

"어멈이 종일 없어서 많이 울었지? 배가 고파서, 에그 가엾어라. 자, 인제는 실컷 먹어라. 그리고 얼른 병이 나아서 잘 자라라."

하며 혼잣소리로 말도 못 알아듣는 어린애와 수작을 한다. 어린애가 젖꼭지를 물기는 물었으나 젖도 잘 먹지 못하면서 보채기만 한다.

"어머니, 오늘 예배당 목사님은 오지 않으셨어요?"

하며 방 한구석에 앉아서 어린애 기저귀를 개키는 자기 어머니를 보면서 다시 수님이는 물었다.

"안 왔더라"

하는 어머니의 마음은 매우 마땅치가 않은 모양이다. 하루 종일 앓는 애를 달래고 약 먹이고 할 적에 귀찮은 생각이 날 적마다,

"원수엣자식, 원수엣자식."

하며 혼자 중얼대다가 자기 딸을 보면은 더욱 화가 치밀어

'무슨 업원으로 자식은 나가지고 구차한 살림에 저 혼자 고생을 하는 것도 아니요, 늙은 에미까지 이 고생을 시키는고?'

하는 생각이 나서 차마 인정에, 산 자식 죽으라고는 못 하지마는 어떻든 원수 같은 생각이 나서 못 견딜 지경이다.

수님이는 오늘도 목사 오기를 기다린다.

"어째 여태까지 오시지를 않을까요?"

"내가 아니? 못 오게 되니까 못 오는 게지."

수님이는 어머니의 성미를 알므로 거스를 필요는 없어 아무말도 없이 앉아 있다가,

"어서 저녁이나 해 먹읍시다. 기저귀는 내 개킬게 어서 나가서서 쌀이나 씻으시우."

어머니는 화풀이를 하다 못해 잔말이라도 하고 싶어서 말마다 불복이다.

"무슨 밥을 벌써 해. 두부 장수도 가지 않았는데. 그리고 오늘만 먹으면 제일이냐? 생각은 하지 않고……"

"그럼 어떻게 하우. 어떻든지 저녁을 해 먹고 내일을 걱정이라도

해야지 않소. 내일은 내일이고 오늘 저녁은 오늘 저녁이지요."

"듣기 싫다! 내일은 무슨 뾰족한 수가 나나? 굶으면 굶었지 무슨 도리가 있어야지."

"글쎄 산 사람 입에 거미줄 치리까. 왜 글쎄 그러시우?"

"뭘 그러느냐고? 내가 나쁜 말 한 게 무엇이냐. 조금이라도 경우에 틀린 말 했니?"

"누가 경우에 틀린 말 했댔소. 이왕 일이 그렇게 된 걸 자꾸 그러시면 어떻게 하란 말씀요?"

이러자 다시 어린애는 어디가 아픈지 불로 지지는 것같이 파랗게 질리면서 숨이 넘어갈 듯이 운다. 수님이는 어린애 입에 이쪽 젖꼭지를 갈아 물리면서,

"우 왜, 우 왜."

하며 달래는데 그 어머니는 그 옆에서 이 꼴을 보며,

"망할 자식! 죽으려거든 얼른 죽어버리지, 애비 없는 자식이 살아서 무슨 수가 있겠다고 남 고생만 시키니. 에미나 고생하지 않게 진작 죽으려거든 죽어라."

하며 옆에 담뱃대를 질화로 전에다 탁탁 턴다. 수님이는 누가 자기 아들을 잡으러 오는 듯이 어린애를 옆으로 안고 돌면서,

"어머니는 그게 무슨 말이오? 남들은 자식이 없어서 불공을 한다, 경을 읽는다, 돈들을 푹푹 써가면서 자식을 비는 사람들도 있는데 난 자식을 죽으라고 그래요? 이 애가 죽어서 어머니에게 큰

복이 내릴 듯싶소?"

"복이 내리지 않고? 내가 하루 잠을 자도 다리를 펴고 자겠다."

"잘도 다리를 펴고 주무시겠소? 마음을 그렇게 먹으면은 내릴 복도 하느님이 도로 가져가신다우."

"듣기 싫다. 하느님이 무슨 웅덩이가 부러질 하느님이냐? 누가 하느님을 보았다더냐? 너 암만 하느님을 믿어보아라. 하느님 믿는다고 죽을 녀석이 산다더냐? 모두 팔자야, 팔자! 이 고생 하는 것도 모두 내 팔자지마는 늙게 딸 하나 두었다가 덕은 못 보아도 요 모양 될 줄이야 누가 알았어!"

수님이도 계집 마음에 참을 수가 없는지 까만 눈에서 불같은 광채가 나고 입술이 뾰족해지며 목소리가 높아간다.

"그래, 어머니는 딸 길러서 덕 보려 했습디까?"

"덕 보지 않고? 핏덩이서부터 열팔구 세, 거의 이십 살이나 되도록 기를 적에야 무슨 그래도 여망이 있기를 바라고 그 갖은 고생을 해가면서 길렀지. 그래! 어떻게 어디서 빌어먹는 놈인지도 모르는 방앗간 놈에게 몸을 더럽게 하려고 하였더냐? 내 그놈 생각을 할 적마다 이가 갈리고 치가 떨린다."

"왜 그이만 잘못했소? 그렇게 치가 떨리고 이가 갈리거든 나를 잡아잡숫구려! 그것도 나를 방앗간에 다니게 한 덕분이죠. 나를 방앗간에만 다니지 않게 했더라면 그런 짓을 하래도 하지 않았었다우."

어머니는 잡아먹으려는 짐승을 어르는 암사자 모양으로 응얼대며,

"응, 그래도 서방 녀석 역성을 드는구나? 어디 얼마나 드나 보자. 네가 그 녀석 믿고 살다가 덩이나 탈 듯싶으냐? 그렇게도 찰떡같이 든 정을 왜 다 풀지 못하고 요 모양으로 요 고생이냐? 어서 그렇게 보고 싶고 못 잊겠거든 당장에라도 따라가서 호강하고 살아보아라. 서방 녀석밖에 네 눈에는 보이는 게 없고 어미 년은 사람 같지도 않니?"

수님이는 성미를 못 이기는 중에 어머니 말이 야속하기도 하고 또 자기 신세가 어쩐지 비참한 듯하여 갑자기 눈물이 북받치며 울음이 터진다.

"왜 날마다 나를 잡아먹지를 못해서 이렇게 못살게 굴우! 그렇게 보기 싫거든 다른 데로 가시구려."

하고 까만 눈을 감았다 뜰 때 이슬 같은 눈물이 두 뺨 위로 대르륵 굴러 젖꼭지를 문 어린애 뺨 위에 떨어진다.

수님이는 우는 중에도 어린애 위에 떨어진 눈물을 씻어주는 것을 잊어버리지 않았다. 보드라운 살 위에 떨어진 눈물을 씻으면 또 떨어지고 씻으면 또 떨어져 어머니의 따뜻한 눈물은 애기의 얼굴을 곱게 씻어놓았다. 그리고 가슴에서 뭉클한 감정이 울음에 씻겨 녹아 눈물이 되어 어린애 얼굴에 떨어질수록 귀여운 애기는 수님이를 울린다. 부드러운 손, 귀여운 얼굴, 조그마한 몸뚱이가 눈

물 어린 그것을 통하여 희미하게 보이다가 눈물이 그 애기 뺨 위에 떨어지고 다시 똑똑하게 까만 머리 까만 눈썹이 보이고 입과 코와 두 눈이 보일 때, 수님이는 다시 어린애를 자기 가슴에 꼭 끼어안아 가슴 한복판에 어리고 서린 만단정회를 다만 어린애로 눌러서 짜내고 녹여내는 것 외에는 그에게 아무 위로가 없었다. 모습이 아버지와 같은 그 어린애를 자기 가슴에 안을 때 눈물의 하소연이 그 아이에게 하는 것이 아니라 지금 여기 없는 그의 아버지에게 하는 것 같고, 눈물 흐릿한 눈으로 윤곽이 비슷한 그 애를 볼 때 그는 그 애 아버지가 그 사내다운 얼굴에 애정이 넘치는 웃음을 띠고 자기를 어루만져 위로하는 듯하였다. 그는 그 이름을 부르려 할 적마다 그 애 아버지를 부르고 싶었고, 그 아이를 자기 가슴에 안을 때 자기가 안기어 울 곳 없는 것이 얼마나 외로움을 주는지 알지 못하였다.

'너의 아버지가 있었더면?' 이라고 말이 입 밖으로는 나오지 않지마는 그 말 밑에는 모든 해결과 끝없는 행복이 달린 것 같았다.

수님이는 떨리는 긴 한숨을 쉬고 땅이 꺼져 쓰러질 듯이 가슴을 내려앉히었다.

우는 꼴을 보는 어머니는 속으로는 가엾은 생각이 없는 것은 아니지마는 짓궂은 고집을 풀지 못하고서 다시 응얼대는 소리로,

"울기는 다 저녁때 왜 여우같이 쪽쪽 우니, 계집년이. 그러고서 집안이 흥할 줄 아느냐? 애, 될 것도 안 되겠다. 울지나 마라. 방자

스럽다."

그러나 수님이는 들은 체도 하지 않고 흐르다 남은 눈물방울이 기름한 눈썹 위에 떨어지려다가 걸친 두 눈으로 먼 산만 바라보고 앉아서 콧물만 마시고 앉아 있다.

그때 누구인지 바깥에서 인기척이 나더니,

"수님이 있니?"

하는 사람은 그의 오라버니였다. 수님이는 얼른 눈물을 씻고 방문을 열면서,

"오라버니 오세요"

하는 소리는 아직까지 목멘 소리다. 오라버니라는 사람은 나이가 삼십이 남짓해 보이는 노동자로 깎은 머리를 수건으로 동이고 무명저고리 위에는 까만 조끼를 입고 짚신 신은 발에 종아리에는 누런 각반을 쳤다. 얼굴이 둥글넓적한 데다가 눈이 큼직하나 결코 불량하여 보이지는 않았고 두 뺨에 는 술기운이 돌아 검붉게 익었다.

방 안으로 들어앉으며, 어머니(서모)를 보고 인사를 하고 윗목에 가 쭈그리고 앉으며,

"애가 좀 어떠냐?"

하고 수님이가 안은 어린애를 허리를 구부정히 하고 들여다본다.

수님이는 벌건 눈을 비벼 눈물을 씻고 코를 풀면서,

"마찬가지여요. 점점 더해가는 모양예요."

하고 또 한 번 떠는 한숨을 쉰다. 오라버니는 속마음으로 어린 계집애가 자식이 앓으니까 걱정이 되어서 우는 줄 알고,

"울기는 왜 울었니? 울기는 왜 울어. 운다고 어린애 병이 낫는다더냐! 어떻게 주선을 해서라도 고칠 도리를 해야지. 남의 자식을 낳아서 기르지도 못하고 죽이면 그런 면목도 없으려니와 넌들……."

말이 채 그치지도 않아서 그의 어머니가 그래도 양심이 간지럽던지,

"아니라네. 내가 하도 화가 나서 잔말을 좀 했더니 그렇게 쪽쪽 울고 앉았다네."

하며 자기 허물을 자백이나 하는 듯이 말을 한다. 오라버니는 주머니에서 마코 한 갑을 꺼내서 대물부리에 담배를 끼워 붙여 물더니,

"어머니 걱정을 듣고서 울기는 무얼 울어? 나는 무슨 일인가 했지."

하고 시비곡직을 그대로 쓸어버리는 듯이 말머리를 돌려서

"어린애 약은 멕였니?"

"먹였에요."

"무슨 약을…… 그 약국에서 지어 오는 조선약?"

"네."

"안 된다. 그것을 먹여서는…… 요새는 양약을 먹여야 한다. 요새 시대는 서양 의술이 제일야. 나는 하도 신기한 일을 보았기에 말이지. 참, 내, 그렇게도 신기한 일은 처음 보았어."

옆에 앉았던 어머니가 얼른 말 틈을 타서 빗대놓고 수님이를 책망 비슷하게 수님의 오라버니더러 들어보라는 듯이,

"약을 먹여 무얼 해. 예배당인지 빌어먹을 데인지 있는 목사나 불러다가 날마다 엎드려서 기도만 하면 거기서 밥도 나오고 떡도 나오고 모든 일이 다 만사형통할걸!"

하고서 입을 삐죽하고서 고개를 숙인다.

"너 예수 믿니?"

하고 오라버니는 수님이를 보더니,

"허허, 그것도 하는 것이 좋기는 좋지마는 나는 그 속을 모르겠더라. 무엇이든지 믿으면 안 믿는 것보담은 낫겠지마는. 예수, 예수, 남들은 하느님 앞에 기도를 하면 병도 낫는다고 그러더라만 나는 서양 의술만큼 신기하게 알지는 못하니까. 글쎄 나 다니는 일본 사람의 집 와다나베 상이라고 하는 이의 여편네가 첫애를 낳는데 어린애가 손부터 나오고 그대로 들어가지도 않고 나오지도 않더라는구나. 지금 나이가 스물셋 된 여편넨데. 그래서 나는 그 소리를 듣고서 꼭 죽었나 보다 하고 속으로 죽을 줄로만 알고 있지를 않았겠니?"

늙은 노파가 이 이야기를 듣더니,

"저런, 그래 어떻게 했어!"

하면서 눈을 크게 뜨고 담뱃대를 놓으면서 말하는 수님이 오라버니 얼굴을 쳐다본다.

"그러자 주인 되는 사람이 전화를 해요. 전화한 지 삼십 분쯤되어서 ○○병원의 의사 하나하고 간호부라는 일본 여편네가 인력거를 타고 오더니 조금 있다가 어린애 우는 소리가 나지 않겠습니까? 그저 의원이 들어가자 잠깐 사이예요. 그래서 하도 신기하기에 그 집 하인더러 물으니까 기계로 끄집어내서 아주 산모도 괜찮고 어린애도 괜찮다고. 나는 이 소리를 듣고 거짓말같이 생각이 되지 않겠나?"

하고 다시 수님 쪽으로 말머리를 돌린다. 노파는 고개를 끄덕끄덕하며,

"엉! 저런, 참 요새는 사람을 기계로 끄낸다! 그런데 그 난 것이 말야, 아들이야?"

"아들예요."

"저런 그 자식이야말로 두 번 산 놈이로군!"

"참, 세상이란 알 수 없는 세상예요. 서양서는 기계로 사람을 다 만든답니다그려……"

"옛기! 그럴 수가 있나? 거짓말이지. 아무리 타국 사람들은 재주가 좋아 못하는 것이 없이 허다못해 공중을 날아다니자마는 어떻게 기계로 사람을 만드나? 거짓말인 게지."

"아녜요. 정말이요, 신문에도 났어요."

"신문에! 신문인들 어디 똑바른 말만 내나. 거기도 거짓말이 섞였지."

하는 노파의 성미가 조금 풀어진 모양인지 말소리에 부드러운 맛과 웃음 냄새가 약간 섞이어서,

"그러나저러나 저것 때문에 나는 큰 걱정일세. 애비도 없는 자식을 나가지고는 그나마 성하게 자랐으면 좋겠지마는 저렇게 앓기만 하니 참. 형제나 넉넉했으면 또 모르지. 구차하기란 더 말할수 없는 집에서 이 모양을 하고 사네그려. 자식이나 없으면 얼핏 마땅한 이가 있거든 다시 시집을 가서래도 그저 저 고생 하지나 말고 살면은 늙은 내 마음이라도 놀 테야. 저 모양으로 오늘 죽을지 내일 죽을지 모르는 것을 끼고만 앉았으니 참 딱해서 볼 수가 없네그려. 저도 전정이 구만리 같은 새파랗게 젊은 년이 어디 가면 서방 없겠나. 그저 허구한 날 어디로 들고 사렸는지도 모르는 그놈만 생각을 하고 앉았으니 어림없는 수작이지. 벌써 싫증 나서 잊어버린 지가 오랜 놈을 생각만 하면 무얼 하나? 자식은 저의 할미가 서울 살아 있다니까 아범 집으로 보내버리고 나는 저애를 다른 데로 보내는 수밖에 없다고 생각하네."

오라버니는 무슨 엄숙한 사실을 당한 것처럼 한참 눈 하나 깜짝거리지 않고 그 말을 듣고 있더니 무슨 사리를 분명히 해석할 줄 안다는 어조로,

"글쎄 그렇지 않아도 나도 생각을 날마다 하고 언제든지 걱정을 하는 바이지마는 일이 너무나 어렵게 되어서…… 어떻든 어린애는 고쳐야 할 것이니까, 병이 낫거든 자기 애비의 집이 있으니까 그리로 보내고 다른 데로 보낼 도리를 해야죠."

하니까 노파는 걱정스럽고 시원치 못한 상으로,

"그렇지만 여기서야 어린애 병을 고칠 수 있어야지. 날마다 밥도 못 끓여 먹는 형편에 어린애 약인들 먹일 수 있나. 이건 참 죽기보다도 어려우이그려. 암만 생각을 하니 옴치고 뛸 수가 있어야지."

오라버니는 모든 일을 내가 해결할 만큼 세상에 대한 경험이 있으니까 내 말을 들으라는 듯이 수님이를 향하여,

"수님아! 네 생각은 어떠냐? 너도 나이가 열아홉이나 된 것이 그만하면 시집살이할 나이가 넘었다고 할 수 있어. 그런데 이렇게 그야말로 닭 쫓던 개 지붕 쳐다보기지 이러고 앉았기만 하면 어떻게 하나…… 그런데 대관절 네 생각은 어떠냐! 그래도 그 사람을 기다리고 앉았을 참이냐, 다른 데를 갈 마음이 있나?"

수님이는 한참이나 맥없이 앉았다가 횟하고 모든 말이 시답지 않다는 듯이 코웃음을 한번 치더니,

"아무 데도 가기는 싫어요. 모세 아버지가 아니면 다른 곳으로 가기는 싫어요."

하는 목소리는 이상하게도 힘 있는 목소리다. 모든 신앙과 자기의 희생을 결심한 뜨겁고도 매운 감정에서 나온 목소리였다.

"아따, 그래도 모세 아버지야?"

노파는 자기 딸을 흘겨보며 비웃는 듯이 말을 한다.

"네 오라버니 말이 조금도 그르지 않느니라. 설마 너를 잘되라고는 못할지언정 못되라고 할 듯싶으냐?"

"그래도 나는 다른 데로 가기 싫어요. 나 혼자 평생을 지내더라도 또 다른 사람에게 가기는 싫어요."

오라버니는 타이르는 어조로,

"그야 낸들 다시 다른 곳으로 가라기가 좋아서 그러는 것은 아냐. 그렇지만 너도 늙은 어머니 생각도 해야 하지 않니. 서양에는 부모를 위하여 몸을 파는 계집애들도 있는데, 또 너의 전정 생각을 해야지. 그것도 모세 아버지가 지금이라도 너를 생각하고 또 다음에라도 만나 살 여망이 있으면 오래비 된 나래도 왜 이런 말을 하겠니? 그렇지만 모세 애비는 벌써 너를 잊어버린 사람야. 사내 맘이란 그런 것이다. 모두들 욕심만 가진 개 같은 놈들야!"

수님이는 그래도 부인한다는 듯이,

"그래도 제가 한 말이 있으니까 설마 나를 내버리기야 할까요?"

"저런 딱한 애가 있나. 그것 참 말할 수가 없네. 글쎄 그런 놈의 말을 어떻게 믿니?"

"믿어야죠. 제가 비 오던 날 방앗간 모퉁이에서 날더러 하는 말이 일평생 나를 잊지 못하겠다 하였는데요. 저도 그이를 잊을 수는 없어요."

하며 얼굴빛이 조금 불그레해지며 부끄러운 생각이 나서 고개를 숙이고 어린애 머리만 쓰다듬는다.

"아따 빌어먹을 년! 믿기는 신주 믿듯 잘도 믿는다. 쪽박을 차고 빌어먹으러 나가도 그 녀석만 믿으면 제일이냐?"

어미는 열화가 벌컥 나서 덤벼들듯이 소리를 질렀다. 이 소리에 어머니 품에 안겨 편안히 잠들었던 어린애가 눈을 갑자기 뜨면서 넘어갈 듯이 까르르 쟁개비의 찌개 끓듯이 운다. 수넘이는 어린애를 뭉뚱그려 안고 일어서며,

"우지 마, 우지 마"

하며 달래면서 서성거린다. 어린애는 다시 보채면서 눈동자 가를 허옇게 뒤집어쓰며 죽어가는 듯이 운다.

"에구! 오라버니, 이 애 눈 좀 보사우, 왜 이렇게 허옇소? 아마 죽으려나 보."

하며 오라버니 편으로 어린애를 내밀면서,

"죽으면 어떻게 해요?"

하면서 또다시 눈물이 비 오듯 한다. 오라버니는 어린애를 들여다보더니,

"에구, 애가 대단하구나! 약도 없니? 의원이 무슨 병이라 하든? 요새 염병(장질부사)이 매우 돌아다닌다는데 그 병이나 아닌지 모르겠다……."

하고 다시 몸을 만져보더니,

"에구, 이놈 좀 보게. 열이 대단하이!"

하며 우는 애를 한참 들여다본다. 노파는,

"약이 다 무언가. 의원을 보였어야 무슨 병인지 알지. 그저 약국에 가서 말만 하고 약을 지어다 먹이니까 병명인들 알 수가 있나!"

"그러면 안 되겠습니다그려. 어떻게 해서든지 의원을 보여야죠"

"의원도 거저 봐주나. 돈 들여야 할 일이지. 밥도 못 해 먹는 집에서 의원이 다 무어야"

"그래서 되나요. 우선 산 사람은 살리고 볼 일이니까. 가만히 계십쇼, 내가 어떻게 해서든지 서양 의술 하는 의원을 불러오지요"

"그러면 돈이 많이 들걸! 넉넉지 않은 형세에 돈을 써서야……"

"무얼요. 어떻게 살리고 보아야죠"

하며 오라버니는 황망히 밖으로 나갔다. 수님이는 속으로 다행하기도 하고 미안하지마는 어떻든 자기의 모든 해결과 행복의 실오라기인 이 모세의 생명을 구하는 것이 첫째 의무인 동시에 또한 급무이다. 그리고 자기 오라버니가 그렇게까지 신기함을 이야기하는 소리를 들었으므로 의원만 오면은 모세는 곧 나을 줄로 믿었다. 그래서 아무 말 없이 오라버니 나가는 것을 보고만 있었다.

방 안은 조금 고요하였다. 수님이는 조금 울음을 그치고서 깽깽 앓는 소리를 하고 누워 있는 어린애를 앞에다 놓고 꿇어앉았다. 그러고는 괴로워하는 어린애를 내려다보며 두 주먹을 쥐고서 입 밖으로는 나오지 않자마는 입속으로 '모세야, 죽지 말고 살아라' 하고 온몸의 모든 정성과 모든 힘을 합하여 속으로 부르짖었다. 그러고는 그 말이 떨어지는 찰나 기적과 같이 그 아기가 낫기를 바랐다. 그는 주먹을 쥐고 몸을 떨면서 다시 하늘을 쳐다보고 또다시 모든 정성과 힘을 합하여 '하느님! 모세를 데려가지 마시고 이 죄인의 품에 안겨두옵소서' 하고 비는 말이 떨어지자 그 아이의 병이 기적같이 물러가기를 빌었다. 그러나 그에게 기적을 하느님은 내리지 않았다. 그는 자기를 못 믿었다. 그가 기적처럼 어린아이 병이 낫기를 바랐으나 그것이 기적처럼 낫지 않은 때 수님이는 다시 목사를 기다리었다.

목사가 오셔서 하느님께 기도를 하여주시면 이 아이의 병이 얼른 날걸! 예수가 앉은뱅이와 문둥병자를 고친 것처럼 이 아이의 병이 목사의 기도와 함께 나을 수가 있을걸!'

하고 그는 목사 오기만 기다렸다. 혈루병자가 예수의 옷 한번 만져보기를 애씀과 같은 그만한 믿음으로써 목사를 기다리었다.

"어째 오실 시간이 늦었는데 오시지를 않나?"

막달라 마리아가 자기 오라비의 죽음을 다시 살게 할 수 있을 줄을 믿음과 같이 수님이는 목사 오기를 기다리었다.

그런데 어린애는 또 울기 시작하였다. 어린애 울음소리는 우중충한 방 안에 흐리터분한 공기를 날카롭게 울리면서 자기의 참담한 현상을 정해놓은 곳 없이 부르짖어 호소하는 듯하였다. 털부털부하는 문구멍, 거미줄 걸친 천장, 신문지로 바른 담벼락, 못이 다

빠지고 장식이 물러난 다 깨어진 석유 궤짝으로 만든 농장까지 어린애의 울음소리가 스칠 적마다 더러운 개천 물에 일어나고 사라지는 물결처럼 모든 가난과 불행과 질병과 탄식이 한꺼번에 춤을 추고 일제히 그 작은 방 가운데서 움직거리는 것 같았다. 평화와 행복의 여신은 눈물을 흘리고 그 자리를 떠난 지가 오래고, 줄기차게 오랜 생명을 가진 마신魔神이 이 집 문과 장과 구석과 모퉁이에 서고 앉고 드러눕고 기댄 것 같았다.

가난과 질고疾苦는 노파의 얼굴에 주름살과 증오로 탈을 씌워놓은 것같이 보기 싫은 얼굴로 한참이나 앉았다가 부스스 일어서며,

"에구, 난 모르겠다. 죽든지 살든지 마음대로 해라."

하고는 밥을 하려는지 바깥으로 나간다.

삽십 분쯤 지났다. 서산으로 넘은 해는 가뜩이나 우중충한 방을 어둠침침하게 만들어놓았다. 수남이는 어린애를 안고서 오라버니 오기만 기다린다.

그때 누구인지 문밖에 와 서며 불을 때는 노파에게,

"모세 어머니 있어요?"

하는 나이 스물여섯 살 되어 보이는 목소리로 묻는 소리가 난다.

"있소."

하는 어머니의 소리와 함께,

"쇠釗 어머니요?"

하고 수님이는,

"들어오사우, 웬일요? 저녁은 해 먹었소?"

하며 반가이 맞아들였다. 그 쇠 어머니는,

"애가 좀 어떻소?"

하며 어린애를 들여다보자 수님이는 새삼스럽게 걱정스러운 얼굴로,

"점점 더한 모양예요. 그래서 제 외삼촌이 의원을 부르러 가셨어요."

하며 내놓았던 젖을 다시 집어넣었다. 그 쇠 어머니는 코를 손으로 이리 쓱 씻고 한번 들이마시고, 저리 한번 씻고 들이마시면서,

"오늘 목사님이 오지 않으셨지?"

하며 목사님 오시지 않았느냐 말을 물으면서 무슨 말을 하려고 할 때 바깥에서 부산한 소리가 나더니 수님의 오라버니가 문을 열며,

"이 방이올시다."

하고 가방을 옆에 든 양복 입은 의사에게 말을 한 후 제가 먼저 들어와 방에 놓여 있는 것을 이 구석 저 구석에다 쓸어박으면서 의원에게 들어오기를 청했다.

수님이와 쇠 어머니는 부산하게 일어섰다. 그리고 의원이 들어와 앉은 뒤에 수님이 혼자 저만큼 비켜 앉아 의원의 거동만 본다.

의원은 들어와 앉더니 누워 있는 어린애를 한참 들여다보다가

두말없이,

"이 애가 언제부터 이렇소?"

하고 수님의 오라버니를 돌아본다. 수님의 오라버니는 다시 수님에게 물어보는 듯이 수님을 보았다. 수님이는 얼른,

"한 대엿새 되었어요."

의사는 어린애 몸을 풀으라 하더니 가방을 열고 기계를 꺼내더니 진찰을 다 마친 뒤에,

"다 보았소."

하고 방 안을 둘러보며,

"요새 이 병이 퍽 많은데 병원으로 데려다 치료를 해야지 그대로 이런 데 두면 어린애에게도 이롭지 못하거니와 다른 사람에게까지 전염이 되니까 병원으로 데려가게 해야겠소."

하고 일어서니까 수님 오라버니는 그저 멀거니,

"네."

하고 서 있고 수님이는,

"데려가요?"

하고 의사와 싸움이라도 할 듯한 살기 있는 눈으로 의원을 둘러보았다. 그러고는 다시 어린애 편으로 달려들어 어린애를 휩싸안고서 아무 말 없이 돌아앉더니 눈물 괸 목소리로 혼잣말처럼,

"죽여도 내 품에서 죽일 터예요."

하고는 어린애 위에 엎드려져 운다.

2

모세를 병원으로 데려간 지 열흘 되던 날이다. 아침부터 퍼붓은 눈이 저녁때나 되어서 겨우 끝났다. 수님이는 날마다 병원에를 갔다. 그러나 병원에서는 수님이에게 모세를 보이지 않았다. 병실 문간에 서서 하루 종일 지내다가 아무 소식도 듣지 못하고 그대로 온 날도 있었다.

오늘도 아침밥도 먹지 못하고 병원으로 향하여 간다. 전차도 타지 못하고 십 리나 되는 병원으로 가는 길은 자기 오라버니가 일을 하는 일본 사람 집 앞을 지나게 되므로 갈 적 올 적 들른다.

오라버니를 찾아가니 마침 곳간에서 숯을 쌓고 있었다. 수님이는 머리에 쓴 수건을 벗어서 둘둘 말아 옆에다 끼고서,

"오라버니."

하고 곳간 옆에 가서 부르니까 오라버니는 얼굴과 콧구멍과 두 손이 숯가루가 묻어서 새까매 가지고서 자기의 누이를 보더니,

"가만있거라, 요것 마저 쌓고……."

하고 쌓던 것을 마저 쌓고 나오면서,

"병원에 가니?"

하고서 몸을 탁탁 턴다.

"네 병원에 가요. 그런데 오라버니! 당최 병원에서 어린애를 보이지 않으니 어떻게 된 일예요?"

"어저께는 무엇이라고 그러든?"

"어저께요? 어저께는 아무도 만나보지 못했어요. 그저 아무 염려 말고 가라구만 하는데 그래도 그대로 올 수가 있어야지요. 하루 종일 병원 문가에서 서성대다 늦어서야 왔어요. 날이 어둬서 집에 들어오면 어린애 우는 소리가 나는 듯 나는 듯 하고, 밤에 잠을 자도 꿈마다 모세가 와서 어머니를 부르는데 잠을 잘 수가 있어야죠. 아마 죽으려나 봐."

"에라, 미친 애. 죽기는 왜 죽어. 어떻든 염려 말아라. 의원이 오죽 잘 생각하고 잘 고치겠니? 너를 보지 못하게 하는 것도 그것이 전염병이니까 옮을까 봐서 그러는 것이야. 염려 말고 있어. 그러면 내 뒷담당은 해줄게……."

"그래도 내 생각 같아서는 아무리 해도 못 믿겠어요. 나는 걔가 죽으면 나도 따라 죽을 테야. 모세를 죽이고는 모세 아버지에게도 이 뒤에 만나서 얼굴을 들 수 없거니와 나도 살아갈 재미가 없어요. 세상에서는 나를 망할 년, 더러운 년, 서방질한 년이라고 욕들만 하고, 어머니는 날마다 다른 데로 시집가지 않는다고 구박만 하고…… 다만 그것 하나만 믿고 지내는데 만일 그것이 죽으면 나는 살아서 무엇하우."

하고서 치맛자락으로 눈물을 씻는다. 오라버니는 선웃음을 껄

껄 웃으며,

"허허, 왜 마음을 그렇게 먹고서 자꾸 속을 졸여. 그까짓 남이 무엇이라고 그러든지 말든지 상관할 게 무어며, 어머니신들 오죽 화가 나셔야 그러시겠나? 너를 미워서 그러실 리가 없으니까 아무 염려 마라. 그리고 어린애는 아무 걱정이 없어. 병원에서 그까짓 병쯤 고치기를 그러나? 그 이상 가는 병이라도 제꺽제꺽 고치는데. 몇 해 묵은 병, 아주 못 고친다고 단념한 병을 고치고 완인이 된 사람이 얼만지 모른다. 아무 염려 말아……."

수님이는 또다시 오라버니를 믿었다. 그리고 오라버니는 모든 것을 저보다 많이 아는 사람이고 세상 경난을 많이 겪은 사람이니까 믿음직한 사람인 동시에 근자에 모세가 병원으로 간 뒤에 집안 식량과 살림 일체를 대어주는 데 얼마나 많은 감사와 믿음이 생기는지 알 수 없었다.

수님이는 조금 생각을 하는 듯이 땅만 내려다보고 섰다가,

"그러면 나는 오라버니 말씀을 믿어요."

하고 조금 근심이 풀린 것처럼 두 눈에 따뜻한 광채를 머금고 오라버니를 쳐다보았다.

"글쎄, 염려 말아……."

하고 오라버니는 다시 곳간 옆으로 비켜서더니,

"그런데 수님아! 내 잘 봤는지는 모르겠으나 어저께 저녁에 친구들과 술을 먹고 너의 집으로 가려니까 웬 사람 하나가 너의 집 앞

에서 서성서성하더니 나를 보고는 그대로 줄달음질을 해가지 않겠나……"

수님이 눈이 똥그래지며,

"그래서요? 도둑놈이던 게지. 어떻게 됐어요."

"도둑놈은? 너의 집이 무엇이 그리 집어 갈 것이 많아서 도둑놈이 엿을 봐. 글쎄 내 말을 들어. 그래 하도 수상하기에 흥넉게 쫓아가지를 않았겠나……"

"네."

"쫓아가다가 거의 다 쫓아가서 골목쟁이 하나를 휙 돌아서는데 눈결에 힐끗 보니까 암만해도 모세 애비 같지 않겠니? 그래서 더 속히 따라가 보니까 어디로 갔는지 골목으로 들어갔는데 아무리 헤맨들 찾을 수가 있어야지……"

수님이는 무슨 경이나 당한 듯이 눈을 크게 뜨고,

"그래서 어떡했어요?"

하고 온몸을 웅숭그리고 오라버니의 입에서 떨어지는 수수께끼 같은 말의 순서를 기다린다.

"그래 온통 큰길로 골목으로 헤매이면서 돌아다니나 어디 있어야지. 그래 할 수 없이 집으로 바로 가서 자버렸어."

수님이는 거짓말과 참말, 믿음과 의심, 그 경계선을 밟고서 이리 기울어져 보기도 하고 저리 기울어져 보기도 하는 듯한 감정으로,

"그럼 그게 모세 아버질까요? 모세 아버지 같으면 들어오기라도

하였을 텐데 오라버니가 잘못 보신 게지."

하고서 나타났다 사라졌다 하는 좋은 희망을 머릿속에 그리면서 오라버니에게 그것이 모세 아버지니 믿으라는 단정이 나오기를 기다리고 섰다.

"그래 나도 알 수는 없어. 어떻든 알 수 없는 일이야. 일전에도 누구한테 들으니까 모세 애비가 전라도 목포 항구에서 일본 사람의 방앗간에서 일을 하면서 너의 소식을 듣고, 모세도 잘 자라느냐고 묻고, 며칠 안 되면 서울로 다시 오겠다 하더란 말을 들었는데 서울로 왔는지도 모르지……"

"왔으면 집에 올 텐데, 오지 않았길래 집에 오지 않았죠?"

"글쎄."

수님이는 아무 말이 없다가 또다시 말머리를 돌려서,

"그런데 오라버니! 나는 예수 믿는 것이 아무리 생각을 해도 헛질을 한 것 같애. 우리 집에 와서 기도해 주던 목사 있지 않아요?"

"그래."

"그 목사도 모세 병처럼 앓는데 죽게 되었대요."

"그런 것이 그 병은 전염병인 까닭에 옮겨 가기가 쉬운 것야. 그러기에 병원에서는 너도 들어오지 못하게 하지 않니?"

"그런가 봐. 그 목사는 약도 쓰지 않고 날마다 모여서 기도들만 하는데 점점 더하면 더했지 조금도 낫지를 않는대요. 어떤 사람들은 우리 집 청원들을 하면서 죄인 아들이 되어서 하느님이 벌을 주시려고 그런다고……."

"다 쓸데없는 것야. 병은 의술로 고쳐야 하는 것이지 기도가 무슨 기도냐 글쎄."

"그렇지만 기도를 하고 나면 마음이 조금 시원한 듯해서 나도 날마다 기도는 하지요."

오라버니는 픽 웃더니,

"시원하기는 무엇이 시원해. 대관절 또 병원으로 가는 길이냐?"

"네."

"가서는 무엇하니? 가서 보지도 못하는걸."

"그래도 문간에 섰다 오더라도 가지 않으면 궁금해서 견딜 수가 있어야죠."

"아무 염려 마라 글쎄. 병원에 가기만 하면 낫는다니까. 그러니 집에 가 있거라. 내 이따가 전화로 물어봐다 주께……."

"그래도 난 가볼 테야. 찻삯이나 좀 주시우."

오라버니는 백통 쇠사슬 달린 가죽 지갑에서 돈을 꺼내면서,

"갈 것이 없다니까 그네. 정 가고 싶은 것 억지로 막을 수는 없지마는……."

하고 수님에게 찻삯을 주었다.

3

또 닷새가 지났다. 어저께 목사의 죽은 장례가 나갔다. 수님이는 한번 아니 놀랄 수가 없었다. 그 놀라운 가슴이 가라앉기 전에 수님에게는 세상에 가장 엄숙하고 자기에게 가장 절망되는 소식을 들었다. 그것은 모세가 병원에서 죽었다는 것이다. 오라버니가 다 저녁때 힘없이 수님의 집으로 들어오더니,

"수님아!"

하고 차마 나오지 않는 목소리는 벌써 번갯불같이 수님의 머리에 무슨 불상사를 이르는 듯하였다.

"네."

하는 수님이는 다른 날보다도 더 무서운 사실을 당하는 것처럼 달려 나갔다. 그리고 오라버니의 기운 없고 낙망하는 얼굴을 쳐다보며,

"왜 그러세요? 병원에서 무슨 소식이 왔어요?"

하며 달려들듯이 오라버니 앞에 섰다. 오라버니는 한참이나 말이 없이 방에 들어와 쓰러지는 듯이 앉더니,

"놀라지 말아라."

하고,

"모세가 죽었단다."

하였다. 수님이의 가슴은 그 소리가 날카로운 칼로 찌르는 듯하였다. 그러나 그 찌르는 듯한 것이 변하여 다시 그 사실을 부인하는 듯이 자기 오라버니를 치어다보며 깔깔 웃지 않을 수가 없었다.

"거짓말, 오라버니는 왜 그런 말씀을 하시우 남 놀라게……."

할 만큼 그에게는 그 사실이 너무나 거짓말 같았었다. 그리고 만일 그 사실이 참말이라 할지라도 수님이는 그 사실을 참으로 인정할 수 없었다.

이 말을 들은 그 옆에 앉아 있는 노파는 도리어 그 사실을 그 사실대로 들었다.

"저런!"

노파의 눈에서는 가엾은 일은 일이지마는 숙명적으로 그 사실이 있을 것이요, 또는 그 사실이 있어야 할 것을 미리 알고 있었던 것처럼 다만 입맛만 다시면서,

"가엾기는 하지마는 팔자 좋게 잘 죽었느니라."

하였다. 수님이는 다시 물었다.

"정말예요 오라버니?"

하는 말에 오라버니의 얼굴은 엄숙한 사실을 거짓말로는 꾸밀 수 없다는 듯이,

"정말야, 지금 병원에서 전화가 왔어."

수님은 이제 몸부림쳐서 울지 않을 수가 없다. 그는 자기 오라버니에게 달려들었다.

"나를 죽여주, 나를 죽여요. 죽여도 내 품에 안고 죽일 걸 왜 오라버니는 병원으로 데려다가 죽는 것도 보지 못하게 하였소! 그렇게 잘 고친다는 병원에서 왜 죽었소. 내 아들 찾아노, 그 자식이

어떤 자식인 줄 알고 그러우. 내 목숨보다도 중한 자식요."

하고는 방바닥에 엎어져 울면서,

"모세야 모세야, 네 어미까지 마저 데리고 가거라. 죽을 적에 어미의 젖 한 방울 먹어보지 못하고 어미의 품에 한번 안겨보지 못하고, 모세야 모세야……."

하며 우는 꼴을 옆에서 보는 노파도 인생의 죽음이란 그것은 가장 슬픈 것인 것을 느꼈던지 주름살 잡힌 눈에서 눈물이 떨어진다. 오라버니도 좋지는 않은 얼굴로 멀거니 앉았다.

"아! 모세야, 나는 이제 죽는다. 나는 죽어야 한다."

한참 울 때 오라버니는 수님을 달래려고,

"우지 마라. 이왕 죽은 자식을 울면은 어떻게 하니. 고만 그쳐, 시끄럽다."

그렇지만 오라버니 입에는 수님이를 위로할 말이 없었다. 한 말 또 하고 한 말 또 하고 다만 우지 마라 우지 마라 하는 말이 있을 뿐이다.

노파는 울음을 그치고 머릿속으로는 하얀 관에 뭉친 어린애 주검을 장사할 걱정이 있고 또는 그 장사를 하려면 돈이 들 걱정이 있었으나, 수님의 머리와 피와 마음속에는 모세를 다시 살릴 수가 이 세상에는 있으리라는 알 수 없는 의심과 또는 본능적으로 모세는 다시 살지 못하리라는 의식이 그를 몸부림과 가장 큰 비통 속에 그의 모든 것을 집어 던지었다.

날이 저물고 눈 위에 달이 차게 비치었다. 수님이와 오라버니는 모세의 송장을 찾으러 가려고 문밖으로 나섰다. 오라버니가 먼저 돈을 변통하러 가고 수님이는 눈물 가린 눈으로 흰 눈을 밟으면서 걸어간다. 수님이가 골목 모퉁이를 돌아서려 할 때 마침 저쪽에서 돌아 들어오는 사람 하나와 딱 마주치자 수님이는 얼굴을 쳐들어 그 사람을 보고는 그대로 멈칫하고 서서 그 사람을 붙잡으려는 채 못미처 동작으로 달려들듯하더니.

"아! 모세 아버지."

하고서 두 손으로 얼굴을 가리고 서서 울었다. 모세 아버지란 그 사람도 끼어안을 듯이,

"수님아!"

하고 덤벼들려 하다가 그대로 한참 서 있다. 수님이는 목멘 소리로 무슨 죄악을 고백하는 듯이,

"모세는 죽었어요."

하고 울음소리는 더 높아졌다. 수님의 가슴은 죄지은 사람 모양으로 떨리고, 할 말 없기도 하고, 또는 오래간만에 모세 아버지를 만나매 반갑기도 하여 속에 있는 모든 감정이 실 엉키듯 엉키어순서를 차려 먹었던 마음을 다 말할 수도 없고 다만 울음으로써그 모든 것을 애소도 하고 진정도 하는 수밖에는 없었다.

모세 아버지란 사람은 조금 창피함을 깨달은 듯이 골목 으슥한

곳으로 들어서며 검은 얼굴에 조금 더러운 웃음을 나타내며,

"모두 다 너 때문이다."

하며 멸시하듯 수님이를 보더니,

"내가 오늘 이렇게 밤중에 골목으로만 다니게 된 것도 너 때문이요 남의 눈을 속이고 다니게 된 것도 다 너 때문이었다. 그러나 그래도 자식 생각을 하고 서울 온 뒤 날마다 너의 집 앞에 와서 소식이나 들으려 하였더니, 모세가 죽었다니 이제는 너와 나와는 영이별인 줄 알아라……"

하는 말을 듣자 수님이는 옆의 담에 가서 그대로 고꾸라지며,

"모세 아버지! 나는 그래도 여태까지 당신을 믿었지요!"

하고 느껴 울면서

"왜 모두 내 탓을 하시우. 나는 그래도 당신만 믿고 바라고 여태까지 어린것을 기르고 있었지요. 모세 아버지, 정말 나를 버리실 터요?"

모세 아버지는 차디찬 목소리로,

"나는 너 때문에 몸을 버린 사람이다. 나는 나의 일생을 너 때문에 그르친 사람이다. 나는 지금 어디로 떠날는지 모르니까 마지막으로 잘 만났다. 자! 나는 간다."

하고 모세 아버지가 가려 하니까 수님이는 모세 아버지를 붙잡으며,

"어디로 가시우. 왜 전에 그 방앗간 옆에서 비 오는 날 나를 일평

생 잊지 않는다 하셨지요? 지금은 왜 그때 말씀을 잊어버리셨소. 가시려거든 나를 데리고 가시우."

하며 매달렸다. 모세 아버지는 껄껄 웃으며,

"나는 그때 사람이 아니다. 그때의 내가 아니란 말이야. 자 놔라. 공연히 남에게 들키면 나는 내일부터 홍바지저고리를 입을 사람야."

수님이는 끌려가면서,

"정말 가시우?"

하며 애원하듯이,

"정말이오?"

한다.

그때 저쪽에서 누구인지 이쪽으로 오는 기척이 나니까 모세 아버지는 수님이를 뿌리치고 저쪽으로 가버리고 수님이는 눈 위에 엎드려져 운다.

수님이는 한참 울다 일어났다. 그의 눈에는 다시 목사의 상여가 보이고 어린애의 주검이 보이었다. 그리고 혼자 머리를 쥐어뜯으며,

"아! 나에게는 예수도 없고 병원도 없고 모세, 모세도 없고 아무것도 없다."

하고는 다시 공중을 우러러보며,

"모세 아버지도 갔다. 나에게는 아무것도 없다."

소리를 지르고 사면을 돌아다볼 때 하얀 눈 위에 밝은 달이 차

디차게 비치었는데, 고요한 침묵으로 둘린 가운데 다만 자기 혼자 외로이 서 있는 것을 깨달았다. 그가 그렇게 분명히 그렇게 외로운 가운데서 자기를 찾아내기는 지금이 자기 일생에 처음이었다.

속 모르는
만년필 장사

남대문통 페이브먼트 사람 많이 다니는 복잡한 길이다. 한 푼짜리를 백 냥에 팔았으면 옷가지나 사 입고 술잔이나 먹으련마는, 맨손 들고 천금을 얻으려는 허욕에 뜬 거리 장수 하나가 오는 사람 가는 사람을 성가시게 가로막으면서 쳐다보지도 않는 사람에게 미친놈처럼 헛소리를 한다.

"만년필 하나 사 가시오."

하는 소리와 함께 구릿빛 도는 금테를 두른 만년필 한 개를 내밀었다.

"있소" 하는 이는 그래도 조금은 순한 행인이요, "······" 아무 소리도 없이 지나치는 사람은 무뚝뚝한 데다 일 바쁜 사람이다.

요사이 아라사 굶주린 사람이 조선에 많이 와 퍼졌다. 그중에 한 사람이 이 귀찮은 길거리 장수에게 붙잡혔다. 서양 사람이라 속은 모르고 쫓아가면서,

"이것 사, 이것 사."

하며

"이 원, 이 원."

한다. 아라사 사람은 비소를 하는지 기막히는 웃음인지 싱그레 웃으면서,

"이십 전 이십 전"

하며 달아난다.

이 장사는 쫓아간다. 아라사 사람은 여전히 속히 걸어 휘적거려 걸어간다.

"이십 전, 이십 전"

그러나 남대문까지 쫓아간 장사는,

"에끼, 일 원 오십 전만 내."

하니까 아라사 사람은 여전히,

"이십 전, 이십 전!"

을 욀 뿐이다. 그러나 줄기차게 따라가므로 마침 정거하는 전차를 타버렸다.

장사는 뒤통수를 치고 물러섰다.

차장이 전찻삯을 달래려 할 때 그 아라사 사람은 다 떨어진 가죽 지갑에서 꼬깃꼬깃한 전차표 한 장을 꺼내 주며 "용산" 하는데, 지갑 속에는 저녁 빵떡을 사 먹을 십 전 백동화가 한 개 남아있을 뿐이다.

전차 차장의

일기 몇 절

11월 15일 흐림豊

동대문에서 신용산을 향해 아침 첫차를 가지고 떠난 것이 오늘 일의 시작이었다.

전차가 동구 앞에서 정거를 하려니까 처음으로 승객 두 명이탔다. 그들은 모두 양복을 입은 신사들인데 몇 달 동안 차장의 익은 눈으로 봐서, 그들이 어제저녁 밤새도록 명월관에서 질탕히 놀다가 술이 취해 그대로 그 자리에서 쓰러져 자다 나오는 것을 짐작케 하였다. 새벽이라 날이 몹시 신선할 뿐 아니라 서리 기운 섞인 찬 바람이 불어서 트롤리 끈을 붙잡을 적마다 고드름을 만지는 것처럼 저리게 찬 기운이 장갑 낀 손에 스며드는 듯하다. 그들은 얼굴에 앙괭이를 그리고 무슨 부끄러운 곳을 지나가는 사람 모양으로 모자도 눈까지 눌러쓰고 외투도 코까지 싼 후에 두 어깨는 삐죽 올라섰다. 아직 다 밝지는 않고 먼동이 터오므로 서쪽 하늘과 동쪽 하늘 두 사이 한복판을 두고서 광명과 암흑이 은연히 양색이 졌다. 그러나 눈 오려는 날처럼 북쪽 하늘에는 회색구름이 북악산 위를 답답하게 막아놓았다. 운전수는 사람이 하나도 없는 너른 길을 규정 외의 마력을 내서 전차를 달려 갔다. 전차는 탑동 공원 앞 정류장에 와서 섰다. 먼 곳에서는 홰를 치며 우는 닭의 소리가 새벽 서릿바람을 타고서 들려온다. 그러자 어떠한 여자 하나가 내가 서 있는 바로 차장대 층계 위에 어여쁜 발을 올려놓는 것이 보였다. 아직 탈 사람이 별로 없으리라고 지레짐작에 신호를 하였다가 그것을 보고서 다시 정지하라는 신호를 하였다. 한 다리가 승강단 위에 병아리 모양으로 깡충 올라오더니 계란같이 웅크린 여자가 툭 튀어 올라와서 내 앞을 지나는데, 머리는 어디서 어떻게 부시대기를 쳤는지 아무렇게나 흩어진 것을 아무렇게나 쪽 찌고, 본래부터 난잡하게 놀려고 차리고 나섰는지는 알 수 없으나 옥양목 저고리에 무슨 치마인지 수수하게 차렸는데 손에는 비단으로 만든 지갑을 들었다. 그리고 그가 내 옆을 지날 때 일본 여자들이 차에 탈 적이나 기생들이 차에 오를 적에 나의 코에 맡히는 분 냄새와 향수 냄새 같은 향긋한 냄새가 찬 바람에 섞이더니 나의 코에 스쳤다.

그 여자는 차 안으로 들어가더니 그 안에 앉아 있는 양복 입은 청년들의 눈을 피하려 함인지 또는 내외를 하려는 것처럼 맨 앞에 가서 앞만 보고 앉아 있었다. 두 젊은 사람은 어제저녁에 기생 데리고 놀던 흥이 아직까지도 풀리지 않았는지 그 여자를 보더니 한 사람이 팔꿈치로 옆의 사람을 툭 치면서 눈을 끔적하였다. 그러니까 그 사람도 알았다는 듯이 고개를 끄덕끄덕하며 그 여자만 보고 있었다.

나도 호기심이 일어나서 그 여자 가까이 가서 얼굴이나 똑똑히

보리라 하고 뒤로 돌려 메었던 가방을 앞으로 돌려서 전차표와 가위를 양손에 갈라 쥐고 차 안으로 들어갔다. 우선 두 젊은이에게 표를 찍어 주고서 그 여자 앞에 가서 손을 내밀려 하다가 나는 깜짝 놀랐다. 나는 달려들어 이것이 웬일이오? 할 만큼 놀랐다. 그리고 그의 머리에 꽂힌 금비녀로부터 발에 신은 비단신까지 모조리 다시 한번 훑어보았다.

어떻든 표를 찍으려 하니까 자기 지갑에서 돈을 꺼내는데 일 원짜리인지 오 원짜리인지 두서너 장 들어 있는 중에서 한 장을 선선히 내놓더니,

"의주통義州通이요."

하고 저는 나를 잊어버렸는지 태연하게 앉아 있다. 의주통 바꾸어 타는 표 한 장을 주고 나서 나는 다시 차장대로 나와 섰을 때, 벌써 전차는 화관 앞을 지나 종로 정류장까지 왔다. 그 여자는 거기서 내리더니 저쪽으로 가버리었다. 나는 또다시 남대문을 향하여 돌아가는 전차의 트롤리를 바로잡으려고 창으로 고개를 내밀었을 때 하늘은 중탁하게 덮이었던 암흑이 점점 뿌얗게 거두어지며 동쪽에는 제법 붉은빛이 들고, 깜빡깜빡하는 별들이 체로 치는 것처럼 굵은 놈만 남고 잔 놈들은 없어진다.

나는 공연히 신기한 생각이 들어서 못 견디었다. 그래서 혼자 해결할 수 없는 무슨 수수께끼를 풀려는 사람처럼 고개만 기웃하고 있었다. 나는 지나간 생각을 다시 끄집어내었으니, 그것은 다음과

같다.

한 달 전, 바로 한 달 전에 역시 전차를 몰고서 배우개 정류장에 정거를 하였다. 오후 한 시가량이나 되었는데 차 안에 승객이라고는 동대문 경찰 형사 비슷한 사람 하나와 일본 여자 둘과 또 조선 시골 사람 같은 이가 있을 뿐인데 맨 나중으로 들어온 여자가 있었다.

손에다가는 약병과 약봉지를 들었고, 입은 것은 때가 지지리 끼고 자락이 갈가리 찢어진 데다가 얼굴은 며칠이나 세수를 하지 않았는지 새까맣게 절었는데, 발은 벗은 채 짚세기 하나만 신었다. 나이는 열아홉이라면 조금 노성한 편이요, 스물이라면 어디인지 어린 티가 보일 정도다. 속눈썹이 기름한데 정채 있게 도는 눈이라든지, 보리통한 뺨과 둥그스름한 턱, 날카롭지도 않고 넓적하지도 않은 웬만한 코라든지, 어디로 보든지 밉지 않은 여자이기는 하지만 주제꼴 볼썽사나워서 좋은 인상이 없었다. 우리는 항상 하는 예투로,

"표 찍으시오."

하고 손을 내미니까 어리둥절하며 사방을 홰홰 내젖는데, 다시 전차가 달아나자 그는 어쩔 줄을 모르고 옆엣사람 얼굴 한번 쳐다보고 밖을 한번 내다보고 앉지도 못하고 서지도 못하고 쩔쩔매는 것을 보아하니, 시골서 갓 올라왔거나 당초에 전차 한번 타보지도 못한 위인인 것을 알았다. 우리는 항상 그러한 사람이 전차에 오

르면 성가시럽다. 왜 그런고 하니 으레 바꾸어 타야 할 곳에서 바꾸어 타지를 않고는 내릴 때를 지나놓고 내려서는 귀찮게 굴기는 우리네 차장에게만이 아니라, 세상에 저밖에 약은 사람이 없는 것처럼 가끔 전차표 오 전을 떼먹으려고 엉터리없는 바꿔 타는 표를 어디서 얻어가지고 와서는 속여먹으려고 하기가 일쑤다. 그래서 그런 사람만 만나면 화증이 나서 목소리가 부락부락해진다.

"어디까지 가시우? 표 내시우! 표요."

하니까 그는 나를 쳐다보더니,

"네?"

하고 물끄러미 있다.

"네가 무엇이오, 표 내라니까!"

하니까 그는 손에 들었던 종잇조각을 내밀었다. 종잇조각을 받아들고 보니까 '명치정 인사소개소'라고 연필로 써 있다.

"이게 무엇이오?"

하고 소리를 꽥 질러 말하니까 그는,

"이리로 가요, 여기가 어디에요? 여기 가서 내려주세요."

하고 도리어 물어보며 간청을 한다.

"몰라요, 돈 내요!"

돈이라는 소리에 무슨 짐작을 하였던지,

"없어요."

하고 자기 손을 들여다본 후 부끄러운 듯이 고개를 숙이다가 그

래도 할 말이 있다는 듯이,

"그런 게 아니라요, 제가 시골서 올라온 지가 한 달이나 되는데 먹을 것도 없고 입을 것도 없어서 동막東幕 어느 집에서 고용살이를 하다가 몸에 병이 나서 병원에 다녀오는데 이것을 써주며 그리로 가면 된다고 해서 그리로 가요."

모든 일은 다 알았다. 총독부 의원 무료 치료실에 갔다가 의사나 병원에 있는 사람이 정상을 가련히 생각하고 인사 상담소를 가르쳐준 것일 게다. 갓 서울로 올라와서 돈도 없이 차를 탄 것도 사실인데, 어떻든 그때에 나의 마음에서는 알 수 없는 동정심이 나는 동시 마음이 약한 나는 그를 다시 전차에서 내려 쫓을 수는 없었다. 그래서 어찌하면 좋을까? 그대로 태우자니 규칙 위반이요, 그렇다고 내려 쫓을 수는 없는데, 하는 생각을 하며 차장대에 내려 섰다가 전차가 황금정에 왔을 때, 나는 다시 그 앞에 가서 바꾸어 타는 표 한장을 찍어 주며,

"왜 돈두 없이 전차를 탔소?"

하고 한번 딱 얼러서 법을 가르친 후,

"자— 이것을 가지고 요다음 정거하거든 내리우, 이것도 특별히 당신을 생각하여 주는 것이오. 나는 이것 한 장 당신 준 것이 탄로되면 벌어먹지도 못하고 벌금 물고 그리는 법이오, 그런 줄이나 알아두시우"

하니까 그는 고맙다는 듯이 고개를 끄덕끄덕하였다.

오늘 아침에 만난 여자가 바로 그 여자다. 한 달 전에 오 전이 없어서 나에게 은혜를 입던 그 여자가 오늘은 말쑥한 모양꾼이다. 내가 언제든지 여자로 타고나는 것, 그것이 무한한 보배라고 생각을 하였더니 딴은 그 생각이 들어맞았다. 여자는 마음 한번 쓰는 데 당장에 백만장자의 아내가 될 수 있고, 추파를 한번 보내는 데 여러 남자의 끔찍한 사랑을 받을 수가 있는 것이다.

한 달이라는 세월이 그리 길다고 하지 못할 터인데, 한 달 전에 총독부 무료 병실에 가서 구차한 말을 하며 병을 봐달라 하고, 또 나와 같은 차장에게까지 은혜를 입던 여자가 오늘엔 어디로 보든지 뚝딴 여염집 부인과 같다. 우리 같은 사람은 갖은 박대와 모든 수고를 맛볼 대로 맛보며 근근이 번다 해야 한 달에 단돈 몇십 원을 벌지 못하며, 우리가 참으로 성공을 해보려면 아까운 젊은 시대를 무참히 간난신고 중에 보내고도 될지 말지 한 일이다.

하루 종일 차장대에 섰기도 하며 또는 승객의 표를 찍어주기도 하는 동안에 나로서는 말할 수 없고 내가 나이 스물한 살이 되도록 느껴보지 못한 감정이 내 몸 전체에 스며드는 듯하였다. 아직까지 나의 젊은 피는 비란내가 난다. 그 피가 작열을 하지 못하였으며 순화하고 정화하지 못하였다. 나의 피를 그 무엇에다 사르거나 체질하거나 하여 엑기스가 되게 하지 못한, 말하자면 아직 진국으로 있는 그것이다. 나는 웬일인지 오늘 그 여자를 본 후로는 나의 가슴속에 있는 피가 한 귀퉁이에서부터 타오르기를 시작하여 석

쇠 위에 염통을 저며놓고 그것을 들여다보는 듯이 지자— 타는 속에서도 무슨 새 생명이 불 위에 떨어져 그 불을 더 일으키는 듯한 느낌이 있었다. 그러나 그 여자는 의주통으로 향하여 가버리었다. 그 여자가 의주통으로 갔다고 언제든지 의주통 방면에 풀로 붙인 듯이 있을 것은 아니겠지마는, 내가 전차를 몰아 그곳을 갈 때나 올 때나 또는 옆으로 지날 때, 그를 생각하고 언제든지 그쪽을 향하여 보았다.

11월 17일 맑음曙

나는 어제 하루를 논 후에 오늘은 야근을 하게 되었다. 오늘은 동대문서 청량리를 향하여 떠나게 되었다. 오후 여덟 시나 되어 날이 몹시 추워졌다. 바람도 몹시 불기를 시작하여 먼지가 안개처럼 저쪽 먼 곳으로부터 몰아온다. 여름이나 봄가을에는 장안의 풍류남아 쳐놓고 내 손에 전차표를 찍어보지 않은 사람이 별로 없을 것이요, 내 손 빌리지 않고 차 타지 않은 사람이 별로 없을 것이다. 그러나 오늘은 일요일은 일요일이지마는 나뭇잎은 어느덧 환란이 들어서 시름없이 떨어지고 수척한 나무들이 하늘을 뚫을 듯이 우뚝우뚝 솟았는데, 갈가마귀 떼들이 보금자리로 돌아간 지도 얼마 되지 않고 다만 시골의 나무장수와 소몰이꾼들의 "어디어! 이놈의 소" 하는 소리가 들릴 뿐이다. 탑골 승방, 영도사 또는 청량사 들어가는 어귀는 웬일인지 전보다 더욱 쓸쓸해 보인다.

우리 차는 다시 동대문에 갖다 놓았다. 내가 트롤리를 돌려대고 다시 차 안에 올라서서 차 떠날 준비를 하려 할 때, 차 안을 들여다보니까 그저께 새벽에 만났던 여자가 그 안에 앉아 있다. 나는 반갑기도 하고 또 한편으로는 놀랍기도 하여 한참이나 물끄러미 건너다보고 있었다. 가슴속에서 타기를 그쳤던 그 피가 다시 한꺼번에 활짝 타오르기를 시작하였다. 그리고 속으로는,

'애! 이거 자주 만난다!'

하는 생각이 나면서 웬일인지 차디차게 식은땀이 뒤 잔등이에 솟아오르는 것을 깨달았다.

전차가 떠나기를 시작한 후 전차표를 받으러 속으로 들어갈 때에 나는 또다시 그에게 그의 손으로 주는 차표를 받을 생각을 하니까 웬일인지 공연히 마음이 두근두근하여지는 것이 온몸이 확확 달은 듯하였다. 두어 사람의 표를 찍어준 뒤에 나는 그 여자 앞에 가서 손을 내밀었다. 그때 나의 생각은 관습적으로 나의 손을 내밀면은 으레 전과 같이 지갑을 열어서 그 속으로부터 돈을 끄집어내려니 하였었다. 그러면 내 손으로 찍어서 내 손으로 주는 전차표를 그 여자는 가지고 앉아 있다가 그것을 다시 운전수에게 주고 내리려니 하였다. 그러나 그 여자는 나의 손 내미는 것은 본체만체하였다. 도리어 성난 사람처럼 암상스러운 얼굴로 딴 곳만 보고 앉았다.

"표 찍으시오."

하고 나는 그에게 주의하기를 재촉하였으나, 그는 역시 아무 말 없이 앉아 있다가 나를 한번 흘끔 쳐다보는 게 어쩐지 거만한 듯하였다. 그러더니 다시 저쪽 두어 사람이나 격하여 앉아 있는 사람 하나를 고개를 기웃하고 건너다보았다. 그러니까 그 앉아 있는 사람이 잊어버렸던 것을 깨달은 것처럼 잠깐 놀라는 듯한 표정을 하더니 주머니에서 돈지갑을 꺼내며,

"여기 있소!"

하고 금테 안경 너머로 꺼먼 눈동자를 흘기며 나를 불렀다.

'이게 웬 것이냐?'

하는 놀라운 생각이 나며 하는 수 없이 그 남자 편으로 가려 하나 그 여자를 다른 사람처럼 그대로 본체만체 획 돌아설 수는 없었다. 나는 다시 한 번 그 여자를 훑어본 후 그 남자—금테 안경 쓰고 윗수염을 까뭇까뭇하게 기르고 두 눈 가장자리가 푸르둥하고 콧날이 오뚝한 삼십이 넘을락 말락 한 사람으로, 얼핏 보면은 미두 시장이 아니면 천냥만냥 패 같은 사람—에게로 가니까 그는 자랑스러운 듯이 지갑 속에서 일 원짜리 한 장을 꺼내어 할인 승차권 하나를 사더니 석 장만 찍으라 하였다. 나는 석 장 찍으라는 소리에 그 옆에 앉아 있는 양복 얌전하게 입고 얼굴이 대리석으로 깎은 듯한 기리시아(그리스) 타입의 청년이 같이 가는 남자인 것을 알게 되었다.

차표를 다 찍어주고 차장대에 나와 섰을 때에 웬일인지 그 차표

내주던 남자가 밉고 또는 더럽고 질투성스러워 못 견디었다.

전차가 영도사 들어가는 어귀에 정거를 하자 그들은 거기서 내렸다. 이것을 보고서 나는 의심이 일어나기 시작하였다. 그 차표를 사던 남자가 나의 눈으로 보기에 어째 부랑성浮浪性을 띤 듯 하였고, 또는 그 눈이나 입 가장자리가 몹시 음탕하여 보였으며, 그가 그 여자를 데리고 음부탕자가 비교적 많이 오는 한적한 절로 들어가는 것이 장차 무슨 음탕한 사실이 그 속에서 생길 듯하여 공연히 그 남자가 미운 동시에 끌려가는 그 여자에게 동정이 갔다. 전차 차장의 직업이 그리 귀하지도 못한 것을 나는 안다. 비교적 얕은 지위에 있어서 어떠한 계급을 물론하고 날마다 그들을 만나게 되는 동시에 이와 같이 수상스러운 사람들을 많이 보지마는 이러한 수상스러운 남녀를 볼 적이면 공연히 욕도 하고 싶고 그들을 잠깐이라도 몹시 괴롭게 하고 싶은 생각이 나는데, 이번에 본 이 여자로 말하면 처음에 그와 같이 남루한 의복에다가 또 한 푼 없이 나에게 전차표를 얻어 가던 자로서 오늘 와서 나를 대하는 태도가 몹시 거만하고, 또한 작은 은혜나마 은혜를 모르는 것이 가증한 생각이 들기는 들면서도 웬일인지 나의 가슴 가운데 있는 정서를 살살 풀리게 하는 듯하였다. 그래서 그들을 떼어 보낼 때 나의 마음은 또다시 섭섭하였다.

12월 15일 맑음晴

오늘 일기는 따뜻한 일기다. 그런데 어저께 나는 우리 동관들에게서 이상한 소문을 하나 들었다. 내가 맨 처음 어느 날 새벽에 파고다 공원 정류장에서 만나던 때와 같이 그 여자가 역시 새벽마다 전차를 타고서 의주통으로 향하여 간다는 말을 들었다. 그 모습과 또는 행동이 여러 사람의 입에서 나오는 말과 나의 기억으로 내 머릿속에 그려놓은 것이 꼭꼭 들어맞는 까닭에 그 여자로 인정할 수가 있었다. 나는 이 말을 듣고서 일종의 호기심이 생기어서 나의 당번도 아닌데 남이 가지고 가는 새벽 첫차를 같이 탔다. 그리고서는 전차가 파고다 공원 앞에 정거를 할 때에 나는 얼핏 바깥을 내다보았다. 즉시 내가 탄 전차와 상치나 되지 않을까 하는 염려가 있어서 많은 요행을 기대하는 생각으로 그 여자를 만나보려 할 때 과연 그 여자가 전차를 기다리고 있었다. 그 여자뿐만 아니라 그 옆에는 어떠한 남자 하나가 그 여자의 어깨에 자기 어깨가 닿을 만큼 붙어 서서 무슨 이야기인지 정답게 하는 것을 보았다.

전차에 오르는 여자는 그전에 몸을 차리던 것과 판이하여졌다. 전에는 머리를 쪽 찌고 신을 신었더니 지금 와서는 양머리에 구두를 신었다. 그리고 전에 볼 적에는 몰랐더니 지금에 이 여자를 보고 전에 그 여자를 생각하니까 전에 있던 시골티와 어색한 것이 모두 없어지고 도리어 무엇엔지 시달려서 손때가 쪼르르 흐르는 듯하였다. 날이 추우니까 몸에다가는 망토를 입었는데, 쥐었다 폈기도 하고 꼼지락꼼지락하는 손가락에는 한 달 전에 없던 금반지가 전등불에 비치어 붉은빛을 반짝반짝 반사한다. 그는 나를 한번 쳐다보더니 여러 번 만나는 것이 신기하다는 듯이 익숙한 눈으로 쳐다보았다.

그러자 그 남자도 전차를 탔다. 그 남자라고 하는 사람은 한달 전에 영도사를 나갈 적에 같이 가던 그 양복 입은 젊은 사람이었다. 영도사를 나갈 적에는 이 젊은 사람이 뒤떨어져서 홀로 비싯비싯 쫓아가는 것을 보았는데 오늘은 자기가 이 여자를 독차지하고서 승자의 자랑스러운 모양을 나타내는 것을 볼 수 있었다.

"귀찮아서 죽을 뻔하였어?"

그 여자는 이양이라면 이양, 응석이라면 응석이라고 할 만한 말소리로 그 남자에게 대하여 이런 말을 하고서는 한숨을 내쉬었다.

"왜 진작 오실 일이지 시간이 지나도록 오시지를 않으셨소? 어떻게 기다렸는지 모르는데……."

남자는 차 안에서 그런 말을 하면은 딴 사람이 들으니 아무말도 않는 것이 좋다는 듯이 그 말대답은 하지 않고 가만히 있다. 눈치를 챈 여자는 입을 다물더니 무안한 듯이 고개를 돌이키고 전차가 정거할 정류장의 붉은 등만 기다리는 듯이 내다보고 있다.

차가 종로에 와 서자 그 두 사람은 일어서 내렸다. 나는 오늘 생각한 바가 있으므로 그들을 따라서 내렸다. 나는 그들이 재판소 앞 정류장을 향하여 가는 것을 보았다. 그리고 혹시 그들에게 의심을 사지나 않을까 하여 멀찍이 서서 뒤를 따랐다. 그들이 사면에 사람이 없다는 것을 기회로 생각하고서 서로 손목을 잡는 것을 나는 보고서 나의 온몸이 불덩어리 같아지고 내가 창피한 생각이 났다.

재판소 앞에 가더니 그들은 멈칫하고 섰다. 그리고 무엇이라 무엇이라 하더니 다시 그들은 재판소 옆 좁은 골목으로 들어섰다. 이번에는 가까이 쫓아가 보리라 하고서 뒤를 바짝 쫓으매 그들은 내가 따라가는 줄도 모르고서 이야기를 정답게 하면서 갔다.

"오늘 제가요! 그이더러 다시 만나지 않겠다고 해버렸지요. 그러니까 껄껄 웃으면서 알았다 알았다 하며 얼핏 승낙을 하던데요."

"무엇을 알았다고?"

"당신하고 이렇게 된 것을 말이오."

"눈치 챘겠지!"

"그렇지만 그이는 남의 생각은 조금도 해주지를 않아요. 같이 살려면은 같이 살 도리를 차려준다든지, 그렇지 않으면 할 수 없으니 너와 나와 깨끗하게 갈라서자고 한다든지, 무슨 말은 없고 그저 질질 끌면서 오늘낼 오늘낼 하기만 하니 어떻게 그런 사람을 바라고 살아요? 날마다 밤중이면 사람을 끌어다가 새벽이면은 보내어서 한번 바래다주기를 하나요."

남자는 아무 말이 없다가,

"우리 집에 가서 몸이나 좀 녹여가지고 가자……"

"너무 늦으면 어떻게 해요?"

"무얼! 집에 가면 또 무엇을 해? 할 것도 없으면서……."

"할 거야 별로이 없지마는, 너무 자주 가면 딴 방 손님들이라도 이상히 알지 않겠어요?"

"괜찮아! 누군지 아나?"

"왜 몰라요, 눈치를 채지요."

이렇게 말을 하는 동안에 어느덧 어떠한 여관 앞에 두 사람이 서 있었다. 그 여관 문 개구멍으로 손을 넣어 고리를 벗기더니 두 사람은 종적을 감추어버렸다. 나는 다시 어찌할 수가 없었다. 앞길을 탁 막아놓은 것같이 멀거니 서 있기만 하였다. 그 여관 속에는 반드시 무슨 수상한 일이 있을 것을 알았으나 그것을 알 길이 없었다. 하는 수 없이 멍멍히 돌아올 때 그 집 담 모퉁이를 돌아서려니까, 불이 환하게 비치는 들창 속에서 남자와 여자의 지껄이는 소리가 들리며 미닫이를 닫는 소리가 들리었다. 나는 옳지! 이 방이로구나 하는 생각이 들며 귀를 기울여 듣고 있었다. 조금은 아무 말이 없어서 공연히 나의 가슴이 아슬아슬하여졌다. 그러더니 옷이 몸뚱이에서 미끄러져 벗어지는 소리가 연하게 들리더니 기침 소리 두어 번이 나며 전깃불이 확 꺼지었다. 나는 모든 것이 더러웠다. 내 가슴속에서 부드럽고 따뜻하게 타던 모든 것이 그대로 꺼져버렸다. 옆에 있는 개천에 침을 두어 번 뱉고서 큰길로 돌아섰다.

젊은이의 시절

I

아침 이슬이 겨우 풀 끝에서 사라지려 하는 봄날 아침이었다. 부드러운 공기는 온 우주의 향기를 다 모아다가 은하 같은 맑은 물에 씻어 그윽하고도 달콤한 내음새를 가는 바람에 실어다 주는 듯하였다. 꽃다운 풀내음새는 사면에서 난다.

작은 여신의 젖가슴 같은 부드러운 풀포기 위에 다리를 뻗고 사람의 혼을 최음제의 마약으로 마비시키는 듯한 봄날의 보이지 않는 기운에 취하여 멀거니 앉아 있는 조철하는 그의 핏기 있고 타는 듯한 청년다운 얼굴은 보이지 않고 어디인지 찾아낼 수 없는 우수의 빛이 보인다.

그는 때때로 가슴이 꺼지는 듯한 한숨을 쉬었다. 그는 몸을 일으켜 천천한 걸음으로 시내가 흐르는 구부러진 나무 밑으로 갔다. 흐르는 맑은 물은 재미있게 속살대며 흘러간다. 푸른 하늘에 높다랗게 떠가는 흰 구름이 맑은 시내 속에 비치어 어룽어룽한다.

꾀꼬리 한 마리는 그 나무 위에서 울었다. 흰나비 한 마리가 그 옆 할미꽃 위에 앉아 그의 날개를 한가히 좁혔다 폈다 한다. 철하는 속으로 무슨 비애가 뭉친 감상의 노래를 불렀다.

사면의 모든 것은 기꺼움과 즐거움이었다. 교묘하게 조성된 미술이었다. 음악이었다.

그러나 그의 입속으로 부르는 노랫소리나 그의 눈초리에 나타나는 표정은 이 모든 기꺼움과 즐거움과 아름다운 포위 속에서 다만 눈물이 날 듯한 우수와 전신이 사라지는 듯한 감상뿐이었다.

그는 속마음으로 부르짖었다.

하느님이여! 하느님은 나에게 가슴을 뭉클하게 하고 말할 수 없이 갑갑하게 하며 아침날에 광채 나는 처녀의 살빛 햇볕을 대할 때나 종알거리며 경쾌하고 활발하게 흐르는 시내를 만날 때나 너울너울 춤추는 나비를 볼 때나 웃는 꽃이나 깜박이는 별이나 하늘을 흐르는 은하를 볼 때, 아아, 나의 사지를 흐르는 끓는 피 속에 오뇌의 요정을 던지셨나이까? 감상의 마액魔液을 흘리셨나이까?

아아, 악마여, 너는 나의 심장의 붉고 또 타는 것을 보았는가? 나의 심장은 밤중에 요정과 꿀 같은 사랑의 뜨거운 입을 맞추고 피는 아침의 붉은 월계月桂보다 붉고 나의 온몸을 돌아가는 피는 마왕의 계단에 올리려고 잡는 어린 양의 애처로운 피보다도 정精하였다. 또 정하다. 아아, 너는 그것을 빼앗아 가려느냐? 너는 그것을 너의 끊이지 않는 불꽃 속에 던지려느냐?

이 젊은 청년은 어렸을 때부터 저녁 해가 뉘엿뉘엿 서산으로 넘으려 할 때 붉은 석양에 연기 끼인 공기를 울리며 그의 대문 앞을 지나 멀리 가는 저녁 두부 장수의 슬피 부르짖는 "두부 사려!" 하는 소리나 집터를 다지는 노동자들의 "얼럴러 상사디야" 소리를 들을 때나 한적한 여름날 처녀 혼자 지키는 집에 꽹과리 두드리며 동냥하는 중의 소리를 들을 때나 더구나 아자我子의 영원히 떠남을 탄식하며 눈물지어 우는 어머니의 울음을 조각달이 서산으로 시름없이 넘어가는 새벽 아침에 들을 때나, 아아, 하늘 위에 한없이 떠가는 흰 구름이여, 나의 가슴속에 감추인 영혼과 그의 지배를 받는 이 나의 육체를 끝없는 저 천애로 둥실둥실 실어다 주어라! 나는 형적도 없고 보이지도 않는 그 소리 속에 섞이고 또 섞이어 내가 나도 아니요 소리가 소리도 아니요, 내가 소리도 아니요 소리가 나도 아니게 화하고 녹아서 괴로움 많고 거짓 많고 부질없는 것이 많은 이 세상을 꿈꾸는 듯 취한 듯한 가운데 영원히 흐르기를 바란다 하였다.

그는 어렸을 때부터 자연의 미묘한 소리에 한없는 감화를 받았다. 그는 홀로 저녁 종소리를 듣고 눈물을 씻었으며 동요를 부르며 지나가는 어린 계집아이를 안아주었다.

그는 가끔 음악회에도 가고 음악에 대한 서적도 많이 보았다. 더구나 예술의 뭉치인 가극이나 악극을 구경할 때에 그 무대에 나타나는 여우의 리듬 맞춘 경쾌하고 사랑스럽고 또 말할 수 없는 정욕을 주는 거동을 볼 때나 여신같이 차린 처녀의 애연한 소리나 황자 같은 배우의 추력醜力을 가진 목소리가 모든 것과 잘 조화되어 다만 그에게 주는 것은 말하기 어려운 환상뿐이었다. 넘칠 듯한 이상理想뿐이었다. 인생의 비애뿐이었다.

그는 지금 나무 밑에 서서 주먹을 단단히 쥐고 공중을 치며,

"음악가가 되었으면! 세상에 가장 크고 극치의 예술은 음악이다. 나는 음악가가 될 터이다."

그는 한참 있다가 다시,

"아니, 아니 '음악가가 될 터이야'가 아니다. 내가 나를 음악가라 이름 짓는 것은 못난이 짓이다. 아직 세상을 초탈하지 못한 까닭이다. 그렇다. 다만 내 속에 음악을 놓고 내가 음악 속에 들 뿐이다."

그의 표정에는 이 세상 모든 것을 조소하는 웃음이 넘치는 듯하였다. 그는 한참 가만히 있었다. 그러하다가 그는 갑자기 눈에 희미한 눈물방울을 괴었다. 그리고 다시 주먹을 쥐고,

"아, 가정이란 다 무엇이냐? 깨뜨려 버려야지. 가정이란 사랑의 형식이다. 사랑 없는 가정은 생명 없는 시체이다. 아아, 이 세상에는 목숨 없는 송장 같은 가정이 얼마나 될까. 불쌍한 아버지와 애처로운 어머니는 왜 나를 나셨소. 참 진리와 인생의 극치를 바라보고 가려는 나를 왜 못 가게 하서요. 어머니 아버지가 나를 낳기를 때에 얼마나 애끓는 생각을 하셨어요. 어머니는 나를 업고 어떠한 날 새벽 우리 집에 도적이 들어오니까 담을 넘어 도망을 하시려다 맨발바닥에 긴 못을 밟으시어…… 아아, 어머니, 나는 지금 그것을 생각만 하여도 가슴을 찌르는 듯합니다. 그러하나 어머니, 어머니의 그와 같은 자비와 애정은 헛된 것이 되었습니다. 나는 차

마 못 하는 눈물을 흘리고서라도 가정을 뒤로두고 나 갈 곳으로 갈까 합니다."

이렇게 흥분하여 있을 때에 누구인지 뒤에서,

"그러면 같이 갑시다……"

하는 고운 여성의 목소리가 들린다. 그는 돌아다보고 눈물 괸 두 눈에 웃음을 띠었다. 두 눈에 괸 눈물은 더 또렷하게 광채가 났다. 눈물은 그의 뺨으로 흘러 떨어졌다.

"아아, 누님, 아아, 영빈 씨."

하고 그는 손을 내밀었다. 누님은 그의 동생의 눈물을 보고 아주 조소하듯,

"시인은 눈물이 많도다……"

하고,

"하하."

하고 웃는데, 누님하고 같이 온 영빈이란 청년은 껄껄하고 어디인지 아주 불유쾌한 표정을 나타내며,

"눈물은 위안의 할아버지지요. 허허허."

철하는 눈물을 씻고 아주 어린아이같이 한번 빙긋 웃고,

"왜 인제 오셔요, 네? 나는 한참 기다렸어요. 그러나 그것은 어찌 되었어요?"

이 말대답을 영빈이가 가로맡아서 대답하였다.

"다…… 틀렸어요. 실업가의 아드님은 부모에게 정신 유전을 받

는 것같이 직업이나 학업도 유전적으로 해야 한다고 당당한 다윈의 학설을 주장하시니까요. 저는 더 말할 것 없습니다마는…… 제삼자가 되어서…… 매씨께서도 퍽 말씀을 하셨으나 무엇 당초에……."

철하는 이 소리를 듣고 과도의 실망으로부터 나오는 침착으로 도리어 기막힌 웃음을 띠고,

"아아, 제이세 진화론자의 학설은 꽤 범위가 넓구나……."

그러하나 그의 누이 경애는 상냥하고도 부드러운 표정을 하고 그에게 가까이 가서,

"무엇 그렇게까지 슬퍼할 것은 없을 듯하다. 아주머니도 네가 날마다 울고 지내는 것을 보시고 아버지께 자주자주 여쭙기는 하나 본래 분주하니까 여태껏 자세히는 못 여쭈어보신 모양인데 무엇 아무렇기로 너 하나 음악 공부 못 시키겠니. 아버지가 안 시키면 아주머니라도 시키겠다고 하셨는데…… 아무 염려 마라 응! 너의 뒤에는 부드러운 햇솜 같은 여성의 후원자가 둘이나 있으니까 무얼. 아버지도 한때 망령으로 그러시는 것이지 사회에 예술이 얼마나 유익한 것인지 아주 모르시지도 않는 것이고…… 자, 너무 그러지 말고 천천히 집으로 들어가자. 그리고 오늘 저녁에는 중앙극장에 오페라 구경이나 가자. 이것은 무엇이냐, 사내가 눈물을 자꾸 흘리며…… 실연했니? 하하하, 자, 어서 가자, 어서."

아지랑이 같은 부드러운 경애의 마음이여, 천사의 날개에서 일

어나는 바람결같이 가벼운 그의 음조, 공중으로 떠오르는 듯한 철하의 가슴속에 있는 모든 열정의 뭉친 의식을 그의 누님의 그 마음과 음조는 모두 다 녹여버렸다. 그 녹은 것은 눈물이 되어 쏟아져 나왔다.

"누님, 저의 마음은 자꾸만 외로워져요. 아버지 어머니 다 믿을 수 없어요. 나는 누구를 믿을까요? 나는 누님밖에 믿을 사람이 없습니다. 나의 가슴에 보이지 않게 뭉친 것은 누님만 알아주십니다."

그의 애원하는 정은 그의 가슴에 북받쳐 올라와 눈물지면서 그의 누이의 손을 쥐었다. 그러나 여성의 손을 잡는 감정적感情的에 그는 아무리 자기의 누님이라 할지라도 알지 못하게 가슴을 지나가는 발랄한 맛을 보았다. 그는 얼른 손을 놓았다.

저녁 해가 질 만하여 그들은 넓고 넓은 들 언덕을 걸어간다. 경애는 파라솔을 접어 풀밭을 짚으면서 구두 끝으로 앞 치맛자락을 톡톡 차면서 걸어가고 영빈은 무슨 책인지 금자金字로 쓴 커다란 책을 들고 그 옆을 따라가며 철하는 두 사람보다 조금 앞서서 두 사람을 가지 못하게 막는 듯이 걸어간다. 동리에 저녁 안개는 공중에 퍼지어 그 맑던 공기를 희미하게 하고 땅에 난 선명하게 푸른 풀을 횟빛으로 물들인다. 경애는 다시 말을 내어 영빈에게

"저는 예술이란 것을 알지 못합니다마는 예술가들은 다 저 모양입니까?"

하며 자기 오라비 동생을 가리킨다. 영빈은 기침을 두어 번 하고,

"그렇지요, 예술을 맛보려 하는 사람은, 더구나 예술의 맛을 본 사람은 처녀가 사랑을 맛보려는 것이나 맛을 안 것과 같습니다."

하고 유심히 경애의 얼굴을 들여다본다. 그 들여다보는 곳에는 무슨 의미가 있는 듯하였다. 경애는 그 뚫어지게 들여다보는 영빈의 눈을 피하여 다시 철하를 바라보며 '참으로 그러한가?' 하는 듯하였다. 그리고,

'나는 너를 다시 동정하겠다. 지금까지 다만 자매의 정으로 동정하여 왔지마는 지금부터는 참으로 너의 괴로운 가슴을 동정하리라.'

하였다. 왜 그런고 하니 그는 사랑으로 인하여 마음의 견디기 어려운 괴로움을 당하여 본 까닭이었다.

사랑은 이 세상 모든 것에서 떠나고 뛰어넘은 것이고, 벗어난 것이다. 문학가가 신의 부르는 영靈의 곡을 받아 써놓는 것이나, 음악가 미술가 배우들이 그 예술 속에 화하여 이 세상 모든 것으로부터 떠나는 것과 같은 경우를 생각하고 시기를 생각하는 것은 참 사랑이 아니다.

경애는 영빈을 사랑한다. 영빈도 경애를 사랑한다고 한다. 경애는 사랑이요 사랑은 경애요 영빈은 사랑이요 사랑은 영빈이다. 사랑과 영빈과 경애는 한 몸이다. 세 사람은 어떤 요릿집에서 저녁을

먹고, 철하는 두 사람에게 작별을 하고 어디로인지 혼자 가버렸다.

두 주일이 지나갔다. 철하는 날마다 자기 방에 앉아 울었다. 그는 다만 자기 희망의 머리카락만 한 것은 자기의 누님으로 생각하였다. 자기의 누님은 예술이란 것을 이해하고 자기의 마음을 알아주고 자기를 위하여 준다 하였다. 아아, 하늘의 선녀여, 바닷가의 정精이여, 그대는 나를 위하여 나를 쌀 것이다. 숭엄하고 순결한 것이라야 숭엄하고도 순결한 것을 싸나니 그대는 나를 싸줄 것이다. 예술이란 숭엄하고도 순결하니까.

그는 저녁마다 꿈을 꾸었다. 꿈마다 천사와 만난 그는 천사에게 아름다운 음악을 들려 받았다. 그 음악 소리는 그의 모든 것을 여름날 지평선 위로 떠오르는 흰 구름같이 희고, 그 뒤에는 봄날의 아지랑이같이 희고, 그 뒤에는 한 줄기의 외로운 바이올린의 가는 선으로 떨려 오르는 세장細長하고 유원幽遠한 음악 소리로 화하였다. 그는 음악 소리를 타고 한없는 곳으로 영원히 흐르는 듯하였다. 조그마한 근심도 없고 다만 아름다움과 말하기 어려운 즐거움뿐으로…… 그가 그 음악 소리를 타고 흐를 때에 우리가 땅 위에서 무엇을 타며 다니는 것과 같이 규칙 없는 박절拍節로서 흐르는 것이 아니라 간단없고 한결같아 그의 기꺼움은 있다 없다 하는 웃음으로 나타나지 않고 그의 자는 얼굴에는 빛나는 미소로 찼었으며 빛나는 달빛이 창으로 새어들어 그의 얼굴을 한층 더 빛나게 하였다.

그가 한참 흘러가다가 멈칫하고 쉴 때에는 잠을 깨었다. 괴로움과 원망함이 다시 생기었다. 그가 창을 열고 달빛이 가득 찬 마당을 볼 때 차디찬 무엇이 그 피를 식혀버리는 듯하였다. 그는 또다시 울었다. 그의 울음은 결코 황혼에 쇠북 소리를 듣는 듯한 얼없이 가슴 서늘한 설움에서 나오는 것이 아니라 파란 물 위에서 은빛 물결이 뛸 때 강 언덕 마을 집에서 일어나는 젊은 과부의 창자를 끊는 듯한 울음소리 같은 슬픔으로 나오는 울음소리였다. 그는 머리를 팔에 대고 느껴가며 울었다.

그는 속마음으로 천사여, 하고 불렀다. 또 마녀여, 하고 불렀다.

너희들은 무엇을 하는가? 달이 은빛을 내려 쏘는 것이나 별들이 속살대는 것이나 모래가 반짝거리는 것이나 나뭇잎에 이슬이 달빛을 반사하여 번쩍거리는 것이나 나의 전신의 피를 식히는 듯 선득하게 하는 것이나 나의 가슴속을 괴롭게 하는 것이 천사여 너냐, 마녀여 너냐 누구의 술법으로써 나를 괴롭게 하는 것이라 하면 혹은 지나간 세상에서 나에게 실연을 당한 자가 천사가 되고 마녀가 되어 나를 괴롭게 하는 것이면 누구든지 그중에 힘센 자는 나를 가져가라. 천사나 마녀나 그리고 너의 가장 지독한 복수의 방법을 취하라. 그러나 데려다가 못 견딜 빨간 키스는 하지 말 것이다. 그렇지 않고 둘이 다 세력이 같거든 나를 둘에 쪼개 가라. 아니 아니, 잠깐 가만히 있거라. 나는 조그마한 희망이 있다. 나의 누님이시다.

그는 다시 잤다.

그 이튿날, 경애는 일어나 세수를 하고 근심이 있는 듯이 자기 오라비 아우에게로 왔다. 그가 드러누워 있는 아우의 자리로 가까이 와,

"어서 일어나거라, 무슨 잠을 여태 자니?"

"가만히 계세요. 남은 지금 재미있는 꿈을 꾸는데."

"무슨 꿈을?"

하고 경애는 조금 말을 그쳤다가,

"그런데 영빈 씨가 웬일이냐. 그 후 한 번도 만나보지 못하고 또 편지 한 장 없으니…… 어디가 편치 않은지도 몰라. 벌써 두 주일이나 되었지? 그러나 무엇 다른 일은 없겠지. 너 오늘 좀 가보렴, 아침 먹고……."

철하는 빙그레 웃으며 고개를 돌리어 벽을 향하여 드러누우며,

"싫어요. 나는 그런 심부름만 한답디까? 영빈 씨인지 무엇인지 무엇을 아는 척 그까짓 게 예술가가 무엇이야. 어떻게 열이 나는지 지금 생각하여도 분하거든. 남은 한참 누님 오기만 기다리고 있는데…… 무슨 좋은 소식이나 올까 하고…… 묻지 않는 말을 꺼내어 다 틀렸어요. 실업가의 아드님은……' 어쩌하고 알지도 못하고 떠드는 것은 참 불티를 저지르고 싶거든, 망할 자식."

감정적인 철하는 생각나는 대로 말을 다 하고 다시 돌아누웠다. 그의 누님은 얼굴이 빨갰다 파랬다 한다. 아무리 자기의 동생일지

라도 자기의 정인에게 치욕을 주는 것은 그대로 견디기 어려웠다. 그러하나 무엇이라 말을 할 수도 없고 억지로 분함을 참으면서,

"어디 너 얼마나 그러나 보자. 내 말 듣지 않고 무엇이 될 줄 아니? 그만두어라."

일어서 나간다.

철하는 돌아누운 채 속으로 혼자 웃으면서 일부러 부르지도 아니하였다. 그러나 경애는 철하가 다시 부르려니 하였다. 그것이 여성의 약하고도 아름다운 점이었다.

철하는 아침을 먹고 대문을 나섰다. 정한 곳 없이 걸어갔다. 그는 어떤 네거리에 왔다. 거기에는 전차를 기다리는 사람이 많이 서 있었다. 그 어떠한 여자 하나가 거기 서서 전차를 기다리고 있는 것을 보았다. 그 여자는 자기 누이보다 더 예쁘지는 못하나 어디인지 자기의 누이가 갖지 못한 미점美點이 있는 여자라 하겠다. 그는 한참 보다가 다시 두어 걸음 나아가 또다시 돌아다보았다. 그는 그 옆에 영빈이가 서 있는 것을 보았다. 영빈은 그 여자와 무슨 이야기를 하고 서 있었다.

철하는 다만 반가움을 못 이기어,

"아! 영빈 씨, 오래간만이십니다그려. 왜 그렇게 한 번도 아니오세요? 저의 누님은 매우……"

"네…… 네…… 어디로 가십니까?"

영빈은 아주 냉담하였다. 철하를 아주 싫어하는 듯하였다. 그리

고 전차가 얼른 왔으면 하는 듯이 저편 전차가 오는 곳을 바라본다. 철하는 그래도 여전하게 반가이,

"네 아무래도 좋지요. 참 오래간만입니다. 마침 좀 만나 뵈오려 하였더니 잘되었습니다. 바쁘지 않으시거든 우리 집까지 좀 가시지요."

그전 같으면 가자기 전에 먼저 나설 영빈이가 오늘은 아주 냉정하게,

"아녜요, 오늘은 좀 일이 있어요. 일간 한번 들르지요."

그때 전차가 달려온다. 영빈은 그 여자와 함께 전차를 타며 모자를 벗는 둥 마는 둥 하더니,

"또 뵙겠습니다."

한다. 철하는 기막힌 듯이 가만히 서 있었다. 전차는 떠났다. 멀리 달아나는 전차만 멀거니 바라보는 철하는 분한 생각이 갑자기 나서,

"에! 분해……."

사람의 본능이여! 아침에 방에 드러누워서는 일부러 장난으로 자기 누이에게 영빈과의 사랑을 냉소하였으나 지금은 다만 자기 누이의 불행을 위하여 눈물을 흘리고 가슴을 쓰리게 하지 아니치 못하였다. 나의 가장 사랑하는 누이가 영빈이란 가假예술가 부랑자 악마 같은 놈에게 애인이란 소리를 들었던가 하는 생각을 할 때 그는 기어코 원수를 갚아야 하겠다 하였다. 그는 부리나케 전

차가 간 곳으로 향해 갔다. 그는 주먹을 쥐고 무엇이라 중얼중얼하였다. 또다시 정처 없이 갔다.

그는 하루 종일 집에 돌아가지 않고 돌아다녔다. 만난 사람도 별로 없다. 저녁이 거의 되었다. 전등은 켜지었다. 철하는 영빈에게 꼭 원수를 갚으리라 하고 그의 집 대문으로 들어섰다.

"이리 오너라……"

하고 불렀다. 하인이 나와 보다가 아무 말도 아니하고 들어가더니 영빈이가 나오며,

"아! 아까는 대단히 실례하였습니다. 이리로 들어오시지요."

하고 그전과 같이 반갑게 맞아준다. 철하는 그리하면 내가 공연히 영빈을 의심하였다 하는 생각이 들며 하루 종일 벼르던 분한 생각이 반이나 사라진다.

철하는 방문에 버티고 방안을 들여다보며,

"아녜요, 잠깐 다녀오라고 하여서 왔어요."

"아까 매씨도 다녀가셨습니다."

영빈은 무슨 하지 못할 말을 억지로 하는 듯하였다. 그의 얼굴에는 무슨 죄악의 그림자가 보이는 듯하였다. 철하의 분한 마음은 자기 누이가 다녀갔다는 말에 다 날아가 버렸다. 그러나 그의 머릿속에는 아무도 없는 영빈의 방에 자기 누이인 여성이 다녀갔다는 말을 들을 때에 여자를 입 맞추는 것, 음란한 행동의 환영이 보이고 또 사랑의 귀여움도 생각하였다. 그는 미소를 띠며,

"네, 그래요? 그러면 제가 오히려 늦었습니다그려. 그러면 가보겠습니다."

"왜 그렇게 들어오지도 않으시고 가세요."

"아녜요, 관계치 않습니다. 얼핏 가보아야지요."

철하는 대문까지 나와 다시 무엇을 생각한 듯이 영빈에게,

"아까 그 여자가 누구입니까?"

하였다. 영빈은 주저주저하다가,

"네…… 네…… 저의 사촌 누이예요."

"네, 그러세요. 그러면 내일 한번 우리 집에 놀러 오시지요. 안녕히 주무십쇼."

철하는 휘적휘적 걸어 자기 집으로 돌아갔다. 철하가 안마루 끝에서 구두끈을 끄를 때에 경애가 자기 아우가 돌아옴을 보고 반기어 나오면서도 어쩐 까닭인지 그전에 없던 부끄러움을 띠고,

"어디 갔다 인제야 오니?"

"공연히 돌아다녔죠."

철하는 자기 누이의 부끄러워함을 알지 못하였다. 철하는 도리어 자기 누이에게,

"누님은 오늘 어디 갔다 오셨어요?"

하고 물었다. 경애는 주저주저하며 황망히,

"응, 우리 동무의 집에 잠깐……."

"또요?"

"없어."

이 말을 듣는 철하의 가슴은 선득하였다. 그리고 자기 누이를 한번 쳐다보며,

"정말 없어요?"

"왜 그러나?"

"왜든지요."

철하의 눈에서는 눈물이 날 듯하다. 알지 못하는 원망의 마음과 가슴을 뻗대는 듯한 슬픔은 철하를 못 견디게 하였다. 아…… 왜 나의 또다시 없는 사랑하는 누이가 나를 속이나? 사랑이라는 것이 형제의 의리까지 없이한다 하면? 아…… 나는 사랑을 하지 않을 터이야. 우리 누이는 평생에 처음으로 나를 속이었다. 나는 이제 믿을 사람이 하나도 없다. 영빈에게 갔다 왔다고 하면 어때서 나를 속일까? 무슨 죄악이 숨어 있나? 비밀이 감추어 있나?

경애는 가까스로 참지 못하는 듯이,

"그이 집에."

하고 얼굴이 발개진다.

"그의 집이 누구의 집예요? 그이가 누구예요?"

"영빈 씨 말이야."

"네…… 영빈이요. 그러면 왜 아까는 속이셨어요? 에…… 나는 인제는 믿을 사람이 하나도 없어요."

그는 갑자기 눈물이 솟구쳤다. 그는 아무 소리 없이 자기 방으

로 뛰어 들어갔다.

'이 세상에는 한 사람도 믿을 사람이 없어……'

그는 엎드러서 느껴가며 울었다. 전깃불은 고요히 온 방 안을 비추었다.

경애는 자기의 잘못으로 인하여 가뜩이나 울기 잘하는 철하가 우는 것을 보고 얼마큼 불쌍하고 또 사랑의 참 정이 북받쳐 올라왔다. 그는 철하의 방 문을 열었다. 철하는 눈물을 흘리고 이불도 덮지 않고 드러누워 있었다. 만일 영빈이가 이렇게 하고 있는 것을 보았다면 경애의 마음은 끼어안고 입이라도 맞추었을 것이지만 그렇게 할 수 없는 철하에게는 가만히 전깃불을 반사하는 철하의 아랫눈썹에 괸 눈물을 그의 수건으로 씻어주었다. 철하는 잠이 들었었다. 가끔가끔 긴 한숨을 쉬며 부드러운 입김을 토하였다.

경애는,

'왜 내가 한 번도 거짓말을 하여보지 못한 나의 오라비에게 거짓말을 하였을까? 아…… 육체의 쾌락은 모든 것의 죄악이다. 아무리 사랑하는 자에게 안김을 받은 것일지라도 죄악이다. 그 죄는 나로 하여금 가장 사랑하는 나의 아우를 속이게 하였다.'

그는 자기 아우의 파리하여 가는 얼굴을 들여다보며 자꾸자꾸 울었다. 그러하나 그는 감히 그날 지낸 것을 자기 아우에게 이야기할 용기는 없었다. 그는 붓과 종이를 들어 그날 하루의 지낸 쾌업 快業을 쓰려 하였다. 그는 썼다.

철하는 자다가 일어났다. 희망 없는 사람이다. 도와주는 사람은 없다. 하느님을 믿을까? 의지할까? 도와주심을 빌까? 그러나 만일 신이 실재가 아니라 하면? 그렇다, 하느님도 믿을 수 없고 의지할 수 없었다. 그의 가슴속에는 신앙이 없었다. 그의 가슴에는 하느님의 위안이 없었다. 하느님의 위안은 있는 사람에게 있고 없는 사람에게는 없다. 또 있는 것을 없이할 필요도 없고 없는 것을 일부러 있게 할 것도 없다 하였다.

그는 밤새도록 울었다. 오늘 저녁에는 엊저녁같이 아름다운 꿈을 꾸지 못하였다. 그는 새벽에 그의 누이가 써놓은 글을 읽었다. 그러나 그는 괴이하게 읽지 않았다.

영빈은 경애를 그의 침상에서 맞은 것이었다. 뭉친 사랑은 파열을 당하였다. 익고 또 익어 농익은 앵두같이 얇아지고 또 얇아진 사랑의 참지 못하는 껍질은 터지었다. 그러나 터진 그때부터 그 사랑은 귀여운 사랑이 아니었다. 사랑이 터진 후로부터 경애는 알 수 없는 무슨 괴로움을 깨달았다. 순간적인 쾌락이 언제까지든지 계속하겠지 하고 영원한 희망을 갖고 있는 그는 그 순간이 지난 후부터 무슨 비애와 부끄러움이 그의 가슴에 닥쳐왔다. 그리고 가장 사랑하는 자기 오라비를 속이게 되었다. 그리고 그 이튿날도 종일 눈물을 흘리게 되었다. 그는 하느님이여, 어찌하여 나를 약한 자로 세상에 오게 하셨나이까? 운명의 신이여, 어찌하여 나를 이브의 후예로 나게 하셨나이까? 부드럽고 연한 살과 정욕을 품은 붉은 입술과 최음의 정情을 감춘 두 눈과 끓는 피가 모두 부끄러움과 강한 자의 미끼를 위하여 만들어지지 않지는 못할 것입니까 하고 혼자 가슴이 답답하였다.

철하는 경애의 고백문 같은 것을 읽고 아무 말도 없이 다만 사랑의 결과는 찢어졌구나, 그러하나 아무것도 부끄러울 것이 없지 아니한가. 부정不貞이란 치욕만 없으면 그만이지 영구한 사랑만 있으면 그만이지 영빈과 누님이 영원한 한 사람이면 그만이지. 그러나 여자는 약하다. 그 순간의 쾌락을 부끄러워서 나를 속이었고나.

아침이 되었다. 해는 아침 안개 속으로 금색의 붉은 빛을 내려쏟는다. 하인들은 들락날락, 부엌에서는 도마에 칼 맞는 소리가 난다. 아름다운 아침이었다. 분주한 아침이었다.

경애는 일어나며 철하의 방으로 갔다. 창틈으로 자고 있는 철하를 들여다보았다. 철하는 곤하게 자고 있었다. 경애는 멀거니 공중만 바라보며 아무 소리도 없이 서 있었다.

철하는 겨우 눈을 뜨고 하품을 하였다. 창밖에 섰던 경애는 깜짝 놀라 저리로 뛰어갔다. 철하는 창을 열고 경애를 바라보며,

"왜 거기 가 계세요? 들어오시지 않고."

그는 조금도 다른 기색이 없이 평상시와 같았다. 경애는 오히려 부끄러워 바로 철하를 보지 못하였다.

"무얼 그러세요, 거기 앉으시지."

"뭐 어떠니?"

하며 어색한 말씨로,

"나는 네가 너무 울기만 하니까 대단히 염려가 되더라."

"염려되신다는 것은 고맙지만 어쩔 수 없는 일이지요. 그러나 아버지는 또 무엇이라서요?"

"무얼 무어라서, 언제든지 그렇지."

"그러세요."

하고 그는 한참 생각하듯이 고개를 숙이고 있다가 갑자기 고개를 들고,

"누님, 나는 그러면 맨 나중 수단을 쓰는 수밖에 없습니다. 내가 부모를 버리는 것이 잘못이지요. 나는 나의 하고 싶은 것을 하지 못하고 이렇게 쓸데없는 시일을 보낼 수가 없어요. 집에 있어야 울음뿐입니다."

"그러면 어떻게 한단 말이냐?"

"저는 갈 터입니다. 정처 없이 가요."

"에라, 또 미친 소리 하는구나. 가면 어디로 가니?"

"날더러 미쳤다고요! 흥!"

"그런 소리 말고 조금만 더 참아보아라. 나하고 아주머니하고 어떻게 하든지 하여볼 터이니 마음을 안정하고 조금만 더 참으렴. 또 네가 정처 없이 간다니 가면 어디로 가니? 가다가 거지밖에 더 되니. 너만 어렵다. 네가 무엇이 있니? 돈이 있니? 학식이 있니?"

"네, 저는 거지가 되렵니다. 거지가 더 자유스러워요. 더 행복스러워요. 지금 저는 거지 아닌 듯싶으십니까? 아버지의 밥을 얻어먹고 있는 거지입니다. 그러나 마음은 항상 괴로워요. 차라리 찬밥 한 덩이를 빌어먹더라도 마음 편하고 자유로운 거지가 더 좋습니다."

그의 가슴에서는 한때 북받치는 결심의 피가 끓었다. 나는 가정을 떠날 터이다. 차디찬 가정을. 그리하고 또 되는대로 가는 대로 흐를 터이다. 적적하게 빈 외로운 절 기둥 밑에 이슬을 맞으며 자고 한 뭉치 밥을 빌어 찬물에 말아 먹고, 아아, 그리운 방랑의 생활, 길가에 핀 한 송이 백합꽃이 아무러하지 않고도 그같이 고우며, 열 섬의 쌀을 참새 하나가 한꺼번에 다 못 먹는다. 불쌍한 자들아! 어리석은 자들아! 오늘 근심은 오늘에 하고 내일 근심은 내일에 하라.

아아, 어두운 동굴 속에도 나의 자리가 있고 해골이 쌓인 곳에도 나의 동무가 있다. 오막살이 초가집에서도 하늘의 천사에게 향연을 베풀며, 망망한 대양에 반짝거리는 어선의 등불 밑에도 달콤한 정화情話가 있지 아니한가. 한 방울의 물로 그 대양 됨을 알지 못하나니, 사람이 무엇으로 크다고 하며 무엇으로 자기인체하나뇨? 재산은 들고 가려느냐, 땅은 사서 메고 가려느냐. 죽어지면 개미가 엉기는 몸뚱이에 기름을 바르는 여자들아, 분 바르고 기름칠하면 땅속에서 썩지 않고 다시 산다더냐? 떠나라! 거짓에서 떠나고 사랑 없는 곳에서 떠나라! 너의 갈 곳은 이 세상 어디든지 있고 너의 몸을 묻는 한 뼘의 작은 터가 어느 산모퉁이든지 있느니라. 아! 갈 것이다. 심령의 오로라여, 나를 이끌라. 진리의 밝은 별이여, 그대는 어디든지 있도다. 아! 갈지라. 나는 갈지로다.

그는 이렇게 결심하였다. 그러나 그는 눈물을 아니 흘리지 못하였다. 육체인 그는, 감정의 그는 울지 아니치 못하였다.

"누님, 저는 갈 터입니다. 삼각산 높은 봉에 쉬어 넘는 구름과 같이 가요. 붉은 해가 서산을 넘어가기만 하고 오지 않는 것같이 가요. 산 넘고 물 건너 걷기도 하고 배도 타고, 얼음 나라도 가고, 수풀 사이로 흐르는 시냇가에도 가고, 인도에도 가고, 애급에도 가고, 예루살렘에도 가고, 이태리에도 가고, 어디든지 갈 터입니다."

이때 하인이 편지 한 장을 갖다가 경애 앞에 놓았다. 그는 반가워 뜯어보았다.

경애여, 그대의 오라비는 나를 욕보였다. 진실한 사랑을 의심하며 나에게 치욕을 주었다. 나는 다시 그대의 남매를 보지 않을 터이다. 그대의 오라비는 나를 의심하여 "그 여자가 누구입니까?" 하던 그 여자는 참으로 나의 정인이다. 너의 연한 살과 부드러운 입술과 너의 육체의 아무것으로라도 흉내 내기 어려운 사랑의 애정哀情인 그의 두 눈의 광채를 보라. 타는 가슴에 불이 붙는 것의 상징인 그의 뺨을 보

라. 그는 참으로 산 자이다. 그러나 너는 죽은 자이다. 죽은

자는 죽은 자라야 사랑한다. 그만.

영빈.

경애는 땅에 엎디어 울었다. 그는 편지를 북북 찢으며,

"예술가? 예술이 다 무엇이냐? 죽음을 저주하는 주문이냐, 마녀의 독창이냐. 보기에도 부끄러운 음화냐. 다 무엇이냐. 사랑 같은 예술이 어찌 그 모양이냐? 아 분해, 너도 예술을 다 고만두어라. 예술가는 다 악마이다. 다 고만두어라."

그는 자꾸자꾸 느껴 운다. 그는 자꾸자꾸 분한 마음이 나며 또한 옆으로 자기 누이가 그리하는 것을 보매 실망되는 생각이 나서 마음은 자꾸 괴로워진다.

"누님, 무엇을 그러세요?"

"무엇이 무엇이냐. 나는 예술가에게 더러움을 당하였다. 속았다. 다 고만두어라. 예술가는 다 독사다, 악마이다. 여호와를 속인 배암과 같다. 다 고만두어라."

철하의 마음은 갑갑할 뿐이었다. 쉴 새 없이 흐르는 그의 더운 피가 갑자기 꽉 막히는 듯하였다. 자기의 누님이, 가장 미더웁고 가장 사랑하는 누님이 가짜 예술가에게, 독사에게, 악마에게, 아, 그 곱고 정한 몸을 순간에 더럽히었다. 아니 아니, 그 순간이 아니다. 더럽힌 것이 그 순간이 아니다. 형식을 벗어난 사랑의 결과를 나

는 책망하지 않는다. 그러나 영빈의 머릿속에는 벌써부터 나의 누이를 더럽히고 있었다. 보이지 않는 그의 머릿속에서는 몇만 번 나의 누님을 침상에서 맞았다. 그 머릿속에 있던 음욕의 환영은 몇천 번인지 모른다. 아아, 악마, 독사, 너는 옛적에 에덴에서 이브를 꼬이던 배암이다. 거침없고 흠 없던 이브는 그 배암으로 인하여 모든 세상의 괴로움을 깨달은 것과 같이 너는 나의 누님에게 모든 고통을 주었다. 거리낌 없는 나에게 거짓말을 하게 되었다. 인생의 모든 것을 저주하게 되었다.

철하의 가슴은 갑자기 무엇이 터지는 듯하였다. 모였던 물이 터지는 듯하였다. 막히었던 피는 다시 높은 속도로 돌았다. 그의 천칭天秤 중심 같은 신경은 그의 뜨거운 피의 몰려가는 자극을 받아 한없이 흥분하였다. 그는 갑자기,

"누님!"

하고 부르짖으며,

"누님은 예술을 욕보였습니다. 예술이란 것이 어떠한 뭉치로나 부분의 한 개로 있는 것이 아니야요. 생이 있을 때까지는 예술이 없어지지 않아요. 아아, 누님은 생의 모든 것을 욕보였습니다. 누님은 누님 자기를 욕하고 가장 사랑하는 아우를 욕하고…… 아아, 나는 참으로 그 말을 그대로 듣고 있을 수 없어요. 나의 목을 누르는 듯한 누님의 말을 그대로 듣고 있을 수 없어요. 아아, 내가 독사 악마라면 누님은 나보다 더 무엇이라 할 수 없는 요녀입니다. 사람

의 육체를 앙상한 이빨로 뜯어먹는 요녀예요. 무덤 위에 방황하는 야차夜叉입니다. 아아, 나의 가슴은 터지는 듯해요. 가슴에 뛰는 심장은 악마의 칼로 찌르는 듯해요. 아아, 어찌하면 좋을까요. 누님…… 네……."

경애는 자기 오라비의 갑갑하여 어찌할 줄 모르는 것을 보고, 그가 엎어져서 가슴을 문지르며 우는 것을 보고, 또 자기에게 원망하는 듯하는 소리에 말하기 어려운 비애가 뭉친 것을 보고, 어디까지 여성인 그는 인자가 가득 찬 무엇이라 말할 수 없는 원망과 슬픔과 사랑과 어짊이 뒤섞인 마음이 생기어 그의 오라비를 눈물 괸 눈으로 바라보았다. 물끄러미 아무 말 없이 쳐다보는 그의 눈에는 사랑의 빛이 찼다. 그의 눈물이 하얀 뺨을 흘러 떨어질 때마다 그는 침을 삼키며 한숨에 북받친다. 그는 메어가는 목소리로,

"철하야, 다 고만두자. 지나간 일은 잊어버리자. 나는 전과 같이 너를 사랑할 터이다. 나는 또다시 너를 속이지 않을 터이다. 아아 그러하나 나는 분해, 참으로 분해……."

"모두 다 한때의 감정이지요. 그러나 누님 분해하는 누님을 보는 나는 더 분해요. 저는 누님보다 더 분해요…… 에…… 나는 그대로 참지는 못하겠어요. 참지 못해요. 내가 죽어 없어지기 전에는 참지 못해요. 그놈이 나의 누님의 원수라 함보다도 나의 원수입니다. 그놈은 예술을 욕보였습니다."

철하는 자기 누이의 사랑스러운 항복을 받고는 갑자기 더욱 흥

분되었다. 그리고 벌떡 일어났다.

"아녜요. 가만히 있을 수 없어요."

그의 누이는 그의 옷자락을 잡으며,

"어디를 가니?"

"놓으세요. 그놈을 그대로 두지 못해요. 독사 같고 악마 같은 놈을 그대로 둘 수는 없어요. 나의 손에 주정酒精이 타는 듯한 날카로운 칼은 없지마는 그놈의 가슴을 이 손으로라도 깨뜨려 버릴 터입니다. 놓으세요. 자, 놓으세요."

경애의 손은 떨리며 나지막한 소리로 애원하는 정이 뭉친 듯하게 그를 쳐다보며,

"이애, 왜 이러니? 그렇게 감정적으로 하면 안 된다. 자, 참아라, 참아……."

"그러면 누님은 나보다도 나의 생명보다도 영빈의 그 악마의 생명을 더 아끼십니까? 안 됩니다. 안 돼요."

경애의 마음은 어디까지 사랑스러웠다. 그의 마음에는 오히려 지나간 흔적이 남아 있었다. 부질없는 지나간 때의 단꿈의 기억은 오히려 영빈을 호의로 의심하게 되었다. 자기의 불행을 조금 더 무슨 희망과 서광이 보이는 듯이 인정하게 되었다. 아무렇기로 영빈 씨가 그리하였으랴. 그것은 무슨 잘못된 일이 아닌가 하였다. 그리고 어떠한 때에는 자기 오라비에게 대한 사랑이 영빈의 그것과 대조하여 미치지 못하는 점이 있었다. 철하는 아주 냉담하게,

"저는 일어섰습니다. 누님을 위하여 일어섰으며 예술을 위하여 일어섰습니다. 저는 다시 앉을 수는 없어요."

"이애, 너는 나를 위하여 한다 하면서 그러면 어찌 나의 애원을 들어주지 않니! 자…… 앉아라 앉아. 너무 그리 급히 무슨 일을 하다가는 무슨 오해가 생기기 쉬우니라, 응!"

"앉을 수 없어요. 만일 누님이 영빈이를 위하여 나에게 한번 일어선 마음을 꺾으라 하면 아…… 네, 알았습니다. 영빈에게는 가지 않겠습니다. 영빈을 위하여 가지 않는 것이 아니라 나의 누님을 위하여……."

"아아 정말 고맙다. 그러면 여기 앉아라."

"그렇다고 앉지는 못해요. 나는 일어선 사람입니다. 혈기 있는 청년예요. 나는 누님을 위하여 나의 몸을 바칠 터입니다. 자…… 놓으세요, 저는 저 가고 싶은 곳으로 갈 터입니다. 자…… 놓으세요."

경애는 어찌할 줄 몰랐다. 그는 철하의 옷자락을 어리광도 같고 원망하는 것도 같이 잡아당기며 거기 매달려 한참 엎디어 소리를 내어 울었다. 그 꼴을 보는 철하의 마음은 괴로웠다. 눈물은 한없이 흘렀다.

"누님. 그러면 어떻게 해요? 갈 수도 없고 있을 수도 없고 어떻게 하란 말씀이오!"

"나는 어떻게 해야 좋을지 모르겠다. 그러나 나는 너를 놓아줄 수는 없어, 놓을 수는 없어."

철하는 그대로 사라져버렸으면 하였다. 그러나 자기 누님의 눈물과 한숨을 보면 볼수록 자기의 마음은 약하여졌다. 철하의 결심은 식어버리기 시작하였다. 그는 아주 단념한 듯이,

"그러면 놓으세요. 저는 다…… 고만두겠습니다. 안 갈 터입니다……"

그가 다시 자기 책상 앞에 가서 "아하" 하고 한숨을 쉬고 팔을 모으고 고개를 대고 엎드리려 할 때 하인이 창을 열고,

"아가씨, 마님이 좀 들어오시라고요."

하고 의심스럽고 호기의 웃음을 띠고 쳐다본다. 경애는 눈물을 씻고 아무 소리 없이 나간다. 그의 몸을 슬쩍 돌릴 때에 그의 희고 고운 옷자락이 바람에 슬쩍 날리어 그의 부드러운 육체의 윤곽이 선명하게 철하의 눈에 보였다. 아이, 정욕! 그는 고개를 다시 내려 엎드려 책상 위에 엎드렸다. 그는 자꾸 울었다. 방 안은 고요하다. 그때는 철하의 머릿속에는 아무 의식도 없었다. 그는 깜박 잠이 들었다.

그는 고개를 땅에 대고 엎드려 있었다. 사면은 다만 지평선밖에 보이지 않는 넓고 넓은 사막이었다. 아무것도 보이지 않았다. 저쪽 우묵히 들어간 곳에는 도적에게 해를 당한 행려의 주검이 놓여 있다. 어디서인지도 모르게 괴수의 울음소리가 들린다. 멀리 두어 개 종려나무가 부채 같은 잎사귀를 흔들었다. 적적하고 두려운 생각을 내이는 적막한 것이었다.

그의 눈물은 엎디어 있는 팔 밑으로 새어 시내같이 흘렀다. 그는 목이 마르고 가슴이 답답하였다. 두려움이 생겼다. 조금도 눈을 떠 다른 곳을 못 보았다. 지나가는 바람 소리가 날 때 그의 머리끝은 으쓱하여지고 귀신의 날개 치는 소리가 아닌가 하였다. 그러나 그의 울음은 그치지 않았다. 그의 울음은 극도의 무서움까지라도 그치게 하지 못하였다. 그는 자꾸 울었다.

그때 하늘 구름 사이로 황금빛이 나타났다. 온 사막은 기꺼움의 광채로 가득 찼었다. 도적에게 맞아 죽은 주검까지 전신에 환희의 광채가 났다. 그 구름 위에는 이천 년 전 갈보리 산 위에서 십자가에 돌아간 예수의 인자한 얼굴이 나타났다. 웃지도 않는 얼굴에는 측은하여하는 빛과 사랑의 빛이 찼다. 그는 곧바로 철하의 엎디어 있는 공중 위에 가까이 왔다. 그는 한참 철하를 바라보더니 그의 바른손을 들었다. 그의 못 박힌 자국으로부터는 붉은 피가 하얀 구름을 빨갛게 적시며 철하의 머리털 위에 떨어졌다. 그리고 다시 하얀 모래 위에 빨갛게 물들인다. 그때 모든 천사는 예수를 찬송하는 노래를 불렀다. 구름과 예수와 천사들은 다 사라졌다.

철하는 고개를 들어 쳐다보았다. 그러나 아무 위안을 주지 못하였다. 모래 위의 피는 다 사라졌다. 마음은 여전히 괴롭고 두려웠다. 그는 다시 엎드렸다. 어느덧 공중에 달이 솟았다. 온 사막은 차고 푸른빛으로 덮이었다. 지평선 위 공중에서는 별들이 깜박거리었다. 아주 신비의 밤이었다.

어디서인지 장구와 피리 소리가 들리었다. 그 소리는 아주 향락적 음악을 아뢰었다. 그때 저쪽 어두움 속에서 아주 사람이 좋은 듯이 싱글싱글 웃는 마왕 하나가 피리와 장구의 곡조에 맞춰덩실덩실 춤을 추며 이리로 가까이 왔다. 그의 몸에는 혈색의 옷을 입었다. 그가 밟는 발자국 밑 모래 위에는 파란 액체가 괴었다. 그는 달님과 별님에게 고개를 끄덕 인사를 하고 철하 앞에 와서 넘실넘실 춤을 추었다. 그는 유창하게 크게 웃었다. 아주 낙환樂歡의 마왕이었다.

"하하."

    빙글빙글 웃는 달
    나의 얼굴빛 밝히소서.

    첫날 저녁 촛불 밑에
    다홍치마 입고서
    비스듬히 기대앉아
    아무 소리 아니 하고
    신랑의 얼굴만
    곁눈으로 흘겨보는
    새색시의 얼굴 같은
    달님의 얼굴빛을

나는 보기 원합니다.

쌍긋쌍긋 웃는 별님

홍등촌紅燈村 사창紗窓 열고

바깥 보고 혼자 서서

지나가는 손님 보고

치마꼬리 입에 물고

가는 허리 배배 꼬며

푸른 웃음 던지면서

부끄러워 창 톡 닫고

살짝 돌아 들어가는

빨간 사랑 감춘

웃는 아씨 그것같이

나에게도 그 웃음을 던져주기 비옵니다.

하하하 하하하하하.

하늘 위에 흐르는 물

은하수가 되었어라

인간에는 물이지만

하늘에는 술뿐이라

쉬지 않고 흐르는 술

인간에도 들어부어

눈물 없는 이 마왕과

한숨 없는 이 마왕과

원망 없는 이 마왕과

거짓 없는 이 마왕과

웃음뿐인 이 마왕과

즐거움만 아는 나와

사랑만 아는 나와

꿈속에서 아찔하게

영원토록 살려 하는

이 마왕의 모든 친구

모두 마시게 하옵소서.

하하하 하하하하하.

마왕은 철하 귀에 입을 대고,

"철하."

하고 아주 유혹하듯이 나지막한 목소리로 불렀다.

"철하, 일어나게. 근심은 무엇이고 눈물은 왜 흘리나. 나는 여태껏 그것을 몰라. 자, 일어나게. 내 그 눈물과 근심을 다 없이할 것을 줄 터이니."

철하는 가만히 눈을 들어 보았다. 그는 주저주저하였다.

"하하, 철하, 그대는 나를 알 터이지, 어여쁜 처녀의 붉은 입술같이 언제든지 짜르르하게 타는 달콤한 '술의 마왕' 을! 자, 나의동무가 되라. 나와 사귀면 근심 모르는, 눈물 모르는, 어느 때든지 저 달님과 별님과 같이 될 것이다. 자, 나와 같이 '술의 노래를 부르며 춤추고 놀아보자. 하하하하하 하하하하하."

철하는 그의 손을 잡고 일어섰다. 마왕은 자기 발자국에 괴는 파란빛의 액체를 철하에게 먹였다. 철하는 모든 근심, 모든 괴로움을 잊어버리게 되었다. 그리하고 마왕과 함께 춤을 덩실 추었다. 그리고 그 가슴에서는 뜨거운 정욕만 자꾸 일어났다. 그의 입술은 점점 붉어지고 온 전신은 열정으로 타는 듯하였다. 그는 부끄러움도 잊어버리고 옷을 벗었다.

그때에 누구인지 보드랍고 따뜻한 손으로 그의 손을 잡는 자가 있었다. 그의 가슴에 정욕은 더 높아졌다. 그는 돌아다보았다. 철하 뒤에는 눈썹을 푸르게 단장하고 가슴의 유방을 내어 보이며 입에는 말하기 어려운 정욕의 웃음을 띠고 푸른 달빛을 통하여 아지랑이 같은 홑옷 속으로 타는 듯한 육체의 말할 수 없는 부드러운 대리석 같은 살의 윤곽을 비치었다. 그의 벗은 발 밑에서는 금강석 같은 모래가 반짝이었다.

철하의 가슴속의 붉은 심장은 가장 높은 속도로 뛰었다. 그가 마왕에게 취한 거슴츠레한 눈으로 사랑의 이슬이 스미는 듯한 그의 입술을 바라볼 때 그는 알지 못하게 그 여자의 뭉클하고 부드러운 유방을 끼어안았다. 그는 타는 듯한 입을 맞추었다. 초자연의 순간이었다. 그때 또다시 유창한 마왕의 웃는 소리가 들리었다.

"하하하하 하하하하하."

철하는 꿈같이 몇 시간을 보내었다. 이때 멀리 새벽을 고하는 종소리가 들리었다. 마왕과 그 여자는 깜짝 놀라 손을 마주 잡고 여명 속에 숨어버리었다. 달은 서쪽 지평선 저쪽으로 넘어가며 얼굴이 노한 듯 불쾌하여 철하를 흘겨보는 듯하였다. 별들은 눈을 비비는 듯하였다. 철하는 혼자 남아 있다가 다시 엎디었다. 마음은 시끄러웠다.

아아 사랑스러운 새벽빛이 동편 지평선의 저쪽으로 새어 들어왔다. 하늘은 파르스름하게 개었다. 그는 어디서 오는 것인지 길고도 그윽한 정신을 취하게 하는 바이올린 소리를 들었다. 천애 저쪽으로부터 들려오는 음악 소리에 화하여 처녀의 조금도 상치 않은 목소리가 들렸다. 그러나 그 소리가 어디서 오며 어디로 가는지 몰랐다. 그때 철하는 눈물을 흘리며 멀리 저쪽 하늘 끝을 바라보았다.

그 음악 소리는 산을 넘고 물을 건너 한없이 왔다. 그 보이지 않는 소리는 처음에는 아지랑이같이 희미하게 보이게 변하고 또 그 다음에는 지평선 위로 떠오르는 흰 구름 같은 것으로 변하고 나중에는 육체를 가진 여신으로 변하였다. 그는 사막 위로 걸어 철하에게로 가까이 왔다. 철하가 그 여신의 빛나는 눈을 볼 때 아아, 모든 근심과 눈물은 사라졌다. 자기가 그 여신 같기도 하고 여신이 자기 같기도 하였다. 그러나 그 여신의 눈에는 눈물이 있었다. 새로운 아침 빛이 그것을 비추었다. 음악의 여신은 아무 말도 없었다. 그는 다만 철하의 손을 잡고 물끄러미 쳐다볼 뿐이었다. 그 여신은 감정적인 여신이었다. 그의 눈에서는 눈물이 자꾸 자꾸 흘렀다. 그 눈물은 철하의 손등에 떨어졌다. 그 여신은 철하를 끼어안고 어머니가 어린 자식을 어루만지듯 하였다. 철하는 그 여신을 단단히 쥐었다. 그러나 그 여신은 돌아가려 하였다. 철하는 놓치지 않았다. 그때 여신의 몸은 구름같이 변하고 아지랑이같이 변하고 보이지 않는 소리로 변하였다. 그리고 저쪽 지평선으로 넘어갔다. 철하는 여신의 사라진 손만 쥐고 있었다. 그는 다시 엎드려 울었다.

철하가 눈을 떴을 때에는 그 여신을 잡았던 손에 자기 누이의 고운 손이 잡혀 있었다. 자기 누이는 자기 손을 잡고 그 위에 눈물을 뿌리고 있었다.

계집 하인

Ⅰ

1

박영식은 관청 사무를 끝내고서 집에 돌아왔다. 얼굴빛이 조금 가무스름한데 노란빛이 돌며, 멀리 세워놓고 보면 두 눈이 쑥 들어간 것처럼 보이도록 눈 가장자리가 가무스름한데 푸른빛이 섞이었다. 어디로 보든지 호색하는 사람이 아니라고 할 수가 없는 삼십 내외의 청년이다.

문에 들어선 주인을 본 아내는 웃었는지 말았는지 눈으로 인사를 하고 모자와 웃옷을 받아서 의걸이에 걸며,

"오늘 어째 이렇게 일찍 나오셨소?"

하며 조금 꼬집어 뜯는 듯한 수작을 농담 비슷이 꺼낸다. 영식은 칼라를 떼면서 채경 앞에 서서,

"이르긴 무엇이 일러, 시간대로 나왔는데."

하고 피곤한 듯이 약간 상을 찌푸렸다.

"누가 퇴사 시간을 몰라서 하는 말요?"

"그럼."

"오늘은 밤을 새고 들어오지를 않았으니까 말예요."

영식이 아내는 구가정부인으로 나이가 한두 살 위다. 거기다가 애를 여럿 낳고 또 시집살이를 어려서부터 한 탓으로 얼굴이 몹시 여윈 데다가 몸에 병이 잦아서 영식이에게 대면 아주머니뻘이나 되어 보인다. 그런 데다가 히스테리 기운이 있어 몹시 질투를 하는

성질이 생기었다.

"내가 언제든지 밤을 새우고 다녔소? 어쩌다 한번 그런 때가 있지."

"어쩌다가 무엇이오? 나는 뻔뻔스러워서도 그런 말은 할 수가 없겠소."

"무엇이 뻔뻔하단 말이오? 어제저녁 하루밤에 더 새고 들어왔소?"

"무어요? 아이 기가 막혀. 그끄저께에는 새벽 다섯 시에 들어왔죠. 또 지난번 공일 날은 일곱 시에나 들어오지 않으셨소?"

영식은 씽긋 웃어 굴복한다는 뜻을 표하고도 그래도 버티어보느라고,

"그때야 연회에서 늦어서 자연히 그렇게 되었지 내가 일부러 그랬나?"

"저런, 걸핏하면 연회니 하고 아무것도 모르는 구식 여자라고 속이것다. 그렇지만 나는 못 속여요. 그 이튿날 당신 양복 주머니를 보니까 하이칼라 향수 냄새가 나는 여자 수건이 들었는데 그래?"

"허허 수건이 있기로 그렇게 이상할 건 없지. 요릿집에서 기생의 수건을 술김에 넣고 온 게지."

이 말을 듣더니 주인 아내는 서랍을 와락 열더니 꽃봉투에 넣은 편지 한 장을 쑥 내놓으며,

"이것도 요릿집에서 술김에 넣어준 손수건요? 자! 어서 오늘 저녁에는 이 편지한 여자에게 가서 밤이나 새고 오시우! 나같이 늙어빠

진 년을 어떻게 당신같이 젊은이가 생각할 수 있겠소. 밥이나 짓고 빨래나 하지."

영식은 봉투를 물끄러미 보다가 상을 잠깐 찌푸리며,

"이게 어디서 왔소?"

하며 피봉을 이리저리 뒤적거려 보았다. 주인 아내는 소리를 포달스럽게 툭 쏘아서,

"누가 알우! 그것을 날더러 물어본단 말요. 저런 사내들은 능청맞단 말야. 편지하라고 번지수 아르켜줄 적은 언제고 지금 와서 시치미를 딱 떼고 어름어름한다."

영식은 아무 말도 하기 싫다는 것 모양으로 입을 다물고 있다가,

"편지 보낸 사람의 주소와 이름이 없으니 누군 줄 알 수 있나……."

속으로 벌써 알아챈 것이 있으나 부인이 옆에서 감시를 하므로 어물어물하는 수작을 한다.

"보내는 사람의 주소와 이름을 쓰지 않은 것을 보면 주소나 이름을 말할 것도 없이 안다는 뜻이 아니오. 어서 반갑거든 그대로 반갑다고 그래요. 다른 사연 있겠소? 오늘 밤에 오라는 것이겠지."

"아따 퍽도 그러네. 편지를 한두 장 받는 터가 아니오, 어떻게 안단 말이오. 하지만 누군지는 몰라도 남에게 편지를 하려면 자기의 이름과 주소를 쓰는 법이지…… 아나 도루 우체통에 넣어버려."

하고 짐짓 화나는 체하고 편지를 뜯지도 않고 장머리에다 올려놓았다. 그것은 아내의 마음이 풀리면 슬그머니 갖다 보자는 수작이

다.

"왜 보시지를 않소? 어서 보고 가보시구려. 내 혼자 집 보고있을 게."

서로 이렇게 찧고 까불다가 아내가,

"대관절 나는 혼자 살림살이는 참 못 하겠소."

하고 주인의 약점을 쥐인지라 거침없이 요구가 나온다.

"할멈이 간 후에 혼자 숱한 살림살이를 하자니까 사람이 죽겠구려."

"왜 사람 하나를 얻으라니까 얻지 않고 그래."

"사람이 어디 그렇게 입에 맞은 떡처럼 있소."

"그래도 수소문하면 있겠지."

"그런데 나리."

이번에는 아내 쪽이 수그러지며 말소리가 공손해진다.

"왜 그러우?"

하는 영식의 얼굴에는 위엄을 꾸몄다.

"저 오늘 박 주사댁이 와서 사람 하나를 지시하마 하였는데 당장에라도 불러올 수 있다고, 자식도 없고 서방도 없는데 일을 썩 잘한대."

하며 주인을 타이르기에 전력을 다하다시피 한다.

"나이는 얼마나 되었는데?"

영식이 나이 묻는 것도 싫어서,

"나이는 아무렇거나 알아 무엇하시료?"

"아따 나이 좀 물은 것이 잘못이란 말이오?"

"나이는 퍽 젊답디다. 자세히 물어보지는 않았으나 그렇지만 일도 잘하고 사람도 괜찮대."

나이 젊다는 것을 들은 영식은 비록 이상한 야심이 생긴 건 아니지만 쓸데없는 호기심이 생기어서,

"그러면 데려오구려. 월급은 전에 있던 노파와 똑같이 주겠지?"

"그렇지."

아내는 잠깐 주저주저하더니 말할 듯 말듯 급기야 입을 열어서,

"그런데요, 인물이 어떻게 생겼는지는 알 수 없으나 박 주사댁 말을 들으면 인물 하나가 안되었다고."

주인이 말을 듣더니,

"인물이 어떻기에?"

하며 놀라는 듯이 아내를 본다.

"그게 아니라 어려서 불에 디어 얼굴을 찍어맸다구요."

"그럼 보기 싫을걸."

"그래서 박 주사댁도 보고서 쓰려거든 쓰고 말려거든 말라는데 얼굴이야 무슨 상관 있소, 일만 잘하면 고만이지."

"그렇지만 너무 보기 싫으면 어떻게 하우?"

"보기 싫어도 눈 있고 코 있겠지. 반쪽은 아닐 테니까."

"하지만 안됐어, 사람이란 인상이 나쁘면 못써. 더구나 친구가 많

이 다니는 우리 집에서 불쾌하게 보여서는 안 될걸. 외국에서는 호텔이나 큰 상점의 여사무원도 무엇보다도 인물 시험부터 본다우."

"글쎄 인물만 해반주그레하면 무엇하우. 일이 첫째 목적인데 일만 잘하면 고만이지 인물만 이쁘면 첩을 삼을 테요? 회똑회똑하고 석경 앞에서 떨어질 줄이나 모르면 그런 고질을 어떻게 한단말요?"

"그래도 사람은 외양에 있지, 그렇게 보기 싫거든 조금 더 기다려 보아서 다른 데 마땅한 것을 데려오지."

아내는 화를 버럭 내며,

"글쎄 딱하기도 하시우. 어느 천년에 다른 것을 데려온단 말요, 좀보"

하고 툇마루 끝으로 나가서 빨래 광주리를 헤치면서,

"이렇게 빨래가 쌓였구려. 요새처럼 날 좋을 때 하지 않고 언제 한단 말요. 그나 그뿐요, 큰댁 생신이 며칠 안 남았는데 그동안에 준비는 누가 다 하우? 옷도 한 벌씩은 지어 입어야지. 어린것들은 벌거벗겨 데리고 가우? 나는 시방이라도 데려올 터이야."

"그런 것이 아냐. 왜 김 주사 집에 있던 사람 얌전하드군. 일주일만 지내면 오마고 했으니 그 사람을 데려오지."

아내는 하품을 하며,

"아이 일주일을 언제 기다린단 말요. 나는 모르겠소. 남의 생각은 조금도 할 줄 모르니까, 내가 부릴 사람 내가 데려온다는데 웬 걱정들요."

"그럼 나는 모르겠소, 하고 싶은 대로 하구려. 내 그렇게 악지를 쓰는 것은."

하고 돌아앉으니까 아내는 그 말이 떨어지기가 무섭게,

"염려 말아요 내 데려올게."

2

그날로 양천집이 왔다. 오고 본즉 주인 아내도 유쾌치 못할 만치 흉한 얼굴을 가졌다. 한쪽 얼굴이 눈 하나를 어울러서 뺨까지 대패로 깎은 듯하고 따라서 눈알이 껍질이 벗겨져서 툭 불거졌다. 그래 한 눈이 유달리 크므로 다른 한쪽은 또한 몹시 작아보인다. 거기다가 곰보요 머리는 쥐가 뜯은 것처럼 군데군데 났다. 단 손이 크고 발이 크다.

그러나 아내는 말을 하지 못하고 다만 남편이 들으라는 듯이,

"참 꼴불견이라드니 게 두고 맞췄지. 일은 참 잘해요, 설거지하는 것이라든지 쓰레질하는 것이 또 황소와 같이 세차게 해."

하고 남편 옆에서 넌지시 말을 하였다. 주인은 그 말을 들은 체 만 체 하고 신문만을 보고 앉아 있다.

며칠이 지났다. 양천집의 흠이 나타나기 시작하였다. 시골서 아무렇게나 자라난 데다가 이리저리 떠돌아다녀서 배운 것 없고 본 것이 없어서 어른 아이 알아볼 줄을 모르고 말버릇이 없다. 거기다가 성미가 뾰롱뾰롱하고 소갈머리가 없어서 어떤 때는 주인 아내의 눈

짓하는 것도 모르고 제멋대로 하는 때가 있다. 그럴 때마다 주인은 상을 찌푸리고 코웃음을 친다.

어떤 때는 통내외하고 다니는 친구가 와서 보고 주인 귀에다 몰래,

"내보내게 못쓰겠네. 첫째 남볼성이 사나."

하며 권고를 한다. 그럴 때마다 주인은

"나도 아네. 하지만 온 지가 열흘도 못 된 것을 어떻게 내보내나. 차차……"

하고 대답만 하여두었다. 이 눈치를 챈 주인 아내는 그 친구를 몹시 미워하기 시작하였다.

"별걱정을 다 하네. 오지랖도 꽤 넓지 남의 집 살림 걱정까지 하게."

하며 옆에다 세워놓고 욕을 할 적이 있었다. 그럴 적마다 주인은 치밀어 올라오는 분을 참는다. 학교 다니는 열두 살 먹은 큰아들도 걸핏하면,

"찍어뱅이 애꾸눈이!"

하고 놀려먹는다. 그러면 그런 때마다 몽둥이찜이 내린다. 그것이 도화선이 되어 내외 쌈이 된다.

"집안의 위엄이 너무 없어."

하고 남편이 호령을 하면 아내는,

"자식들이 너무 버릇없어."

하고 대든다. 공연히 사람 하나 데려온 것이 집안을 불화하게 만들어놓았다.

그러자 양천집에게 하루는 기별이 오기를, 동서가 죽었는데 초상 볼 사람이 없으니 급히 와달라 하였다.

양천집은 황망히 그리로 갔다. 일을 하다 말고 갔으므로 주인 아내는 어쩔 줄을 몰랐다. 어떻든 속히 오라고 하기는 하였으나 한시가 액액한지라 혼자 걱정만 하고 있었다.

그때에 주인은 생각하기를 이런 좋은 기회를 잃지 말고 다른 것을 불러오겠다 하였다.

그래서 하루는 아내를 동정하듯이,

"일하던 것을 그대로 두고 가서 어떻게 한단 말이오!"

하고 은근히 의논을 하였다.

"글쎄 말요, 빨래는 하다 말고 그대로 내버리고 가서 그것도 걱정이오, 내가 손이 나야 바느질이라도 할 터인데."

주인은 이 말을 듣더니,

"그것이 오고 가는 데 적어야 이틀은 걸릴 것이요 초상을 치르자면 사흘은 걸릴 터이니, 적어도 닷새는 될 터이란 말야."

"그래요, 허지만 어디 그렇게 꼭꼭 날짜대로 일이 되오, 조금 늦기가 쉽지."

"그러면 여보, 그것이 다녀올 때까지 김 주사 집에 있던 것을 데려다 둡시다."

이 말에 솔깃한 아내는

"하지만 어떻게 왔다가 도루 가라고 그런단 말요?"

"무얼, 돈냥이나 더 주면 고만이지."

"글쎄."

피차 타협이 되어 김 주사 집에 있던 점순 어멈을 데려왔다.

사람이 채나서 영리하고 인물도 반반하며 일도 하질 못하지 않고 말솜씨라든가 어린애 보는 것이 주인 맘에는 물론이요 아내의 맘에도 솔깃하였다.

그러나 주인 아내는 쓸데없이 의심을 내어서 주인이 점순 어멈에게 하는 행동을 눈여겨보지 않는 것이 없다.

'점잖은 사람이 그럴 리가 있나.'

하고 혼자 위로도 하였다가,

'그렇지만 알 수 있어야지, 그런 짓이란 옛날부터 없는 일이 아니고.'

하며 공연한 걱정을 한다. 그런 기색을 볼 때마다 주인은 혼자 웃으면서 속으로는 일상 같이 노는 기생 점고만 하고 앉아 있다.

일주일이 지났는데도 양천집이 오지 않다가 열흘이 넘어서야 왔다. 문간에 들어서기 전까지도 혹시 내가 늦게 와서 다른 사람을 그동안 두지나 아니하였을까 하는 걱정이 생기며 공연히 가슴이 두근거렸다. 시골서 서울까지 걸어오는 길에서도 손가락을 꼽아가며,

'벌써 열흘이지.'

하다가,

'만일 다른 사람이 있으면 나는 내쫓길 터인데.'

하고 걱정이 되어 애꾸눈을 두리번두리번하였다.

'실상은 늦게 오랴 늦게 온 것이 아니라 짚신이 떨어져서 그 값을 버느라고 옆엣집 방아를 이틀 동안 찧어준 죄밖에는 없는데.'

이렇게 걱정이 되어서 궁리가 대단하여,

'만일 나가라면 그 집에서 찾을 돈이 얼마나 되누. 열흘 동안 있었으니 한 달에 삼 원을 몇으로 쪼개야 되나.'

하고 길거리에 앉아서 모래알을 서른 개 주워가지고 닷 냥 열 냥하고 삼십 분이 넘도록 셈을 보아서 일 원이라는 것을 발견은 하였으나 그래도 자기의 구구를 믿을 수가 없어서 어떤 주막에 들어가,

"여보, 영감님!"

하고 사정 이야기를 하고 자기 구구가 맞았느냐고 물어보았다. 그 늙은이 역시 한참 있다가 꾸물꾸물하더니,

"그런가 보외다."

하고 몽롱하게 대답을 한다. 기연가미연가하여 반신반의로 어떻든 일 원은 주겠지 하고 서울까지 왔다.

문을 열고 들어서니까 낯선 사람 하나가 밥솥을 씻는다. 두 사람의 눈이 마주칠 때에는 마치 고양이가 쥐 노리듯 무서웁고 암상스러운 질투의 광채가 두 눈에서 번개처럼 번득이었다. 서로 자기의 지위와 자리를 빼앗기지 아니하려고 경계를 하였다.

"어서 오게."

주인 아내가 나오며,

"왜 이렇게 늦었어?"

하는 소리는 풀이 없고 쌀쌀한 듯하게 양천집 귀에 들렸다.

"급히 볼일이 있어 늦게 왔어요."

"무슨 볼일이 그리 급했담?"

양천집은 마루 끝에 와 서서 주인 아내를 보며,

"저 사람은 누구예요?"

하며 부엌을 가리켰다.

"응 새로 온 사람야."

양천집은 얼굴이 빨개졌다. 그러고는 얼마간 아무 말이 없다가 속으로 헤아려보았다. 저 사람은 자기보다 우선 인물이 곱다는 것이 여간 샘이 나지 않았다. 또는 자기처럼 투박한 시골 사람이 아니라는 것이 샘이 났다.

"어떻든 다리나 좀 쉬게. 그리고 되는대로 결말을 내줄 터이니."

처음에 온 양천집과 나중 온 점순 어멈 사이에는 암투가 시작되었다. 그 암투는 결코 상대자를 해하는 것이 아니라 자기의 힘과 정성을 다하여 주인에게 잘 보이려는 것이었다.

점순 어멈이 밥상을 보면 양천집은 설거지를 하고, 양천집이 마당을 쓸면 점순 어멈은 마루를 훔쳤다. 방이 끝나면 세간을 닦고 먼지를 털면 물을 뿌렸다. 네가 하면 내가 한다. 서고 겨끔내기로 하는 바람에 좋아지기는 주인밖에 없다. 나중에는 주인의 구두 닦기며 뒷간까지 말끔히 쓸어놓았다.

그날 저녁 주인 내외는 서로 앉아서 의논을 하였다.

"어떻게 해야 좋겠소?"

"글쎄."

"하나는 있던 것이니까 박절히 가라 할 수 없고 또 나중 온 것은 며칠 되지 않았는데 어떻게 가라고 해요?"

"허지만 제가 가서 늦게 오기 때문에 사람을 둔 것이지 제가 속히 왔어도 두어?"

하고 전 것을 내미는 말을 하였다.

"그렇지만 나중 온 것은 나리 말씀과 마찬가지로 임시로 두기로 하지 않았소?"

하며 아내는 전 것을 그대로 둘 의향이다.

"아따 그때는 그랬지만 사람 둘을 놓고 보아요, 어느 것이 나은가?"

"사람이야 둘이 다 괜찮지."

"무엇이야? 둘이 다 괜찮다니. 그래 얼거뱅이 찌그렁이에다 암상군이요, 또 보고 배운 것이 없는 것과 인물 얌전하고 말솜씨 있고 사람 영리한 것하고 똑같단 말요? 온 말을 해도 조금이나 동에 닿는 말을 해야지."

"그렇지만 경우가 그렇지 않소."

"경우가 무슨 경우야, 내 돈 주고 나 사람 쓰는데 내 맘에 들면 두고 그렇지 않으면 내보내는 것이지 경우가 다 무엇이야."

이렇게 싸우다가 결국은 돈 소리에 아내가 고개가 숙여지기 시작한다. 남편은 증을 와락 내이면서,

"아따 맘대로 하구려, 나는 그런 돈을 낼 수가 없으니 나중 것을 두든지 먼첨 것을 두든지 멋대로 하우."

하고 돌아 드러눕는다. 아내는 남편을 타이르려고,

"그렇게 화까지 내실 것이 있어요? 좋을 대로 하지."

그 이튿날 점순 어멈과 양천집은 아침을 해 치르기 전에 주인 앞에 서서 간택하기를 기다렸다. 영리한 점순 어멈은 벌써 자기가 승리자인 것을 알아채고서,

"나리 처분대로 하시오."

하고 금치 못하여 나타나는 기꺼운 빛이 얼굴에 보이고 양천집은 자기 자리를 빼앗긴 것이 분하여,

"제가 있어야 옳지요, 제가 다니러 간 새에 저 사람은 임시로 와 있으니까요."

하고 잡았던 것을 빼앗기는 사람이 그것을 빼앗기지 않으려는 듯이 억지 겸 변명을 한다.

"그렇지만."

주인은 엄연히 서서

"자네는 가서 오지 않았으므로 저 사람을 둔 것이지 자네를 내보

내려고 그러한 것은 아냐. 그러니까 오늘부터는 둘 수가 없으니 요량해 하게."

점순 어멈은 북받치는 즐거움을 이길 수가 없어서 돌아서 씽긋 웃었다. 양천집은 눈물이 그렁그렁하다.

"그렇지 않습니다. 저 사람은 제가 올 때까지 잠깐 와 있던 사람이요, 저는 처음부터 있었으니까요."

"그러니 어쨌단 말야. 나는 더 말할 수 없어."

하고 사랑으로 나갔다.

주인 아내도 하는 수 없다는 듯이,

"나리께서 그렇게 말씀을 하시니 나도 헐 말이 없네."

짝짝이 눈에서 눈물이 흐르며 그는 마지막으로 힘 있게 하는 소리가,

"그러면 제가 받을 돈이나 주세요."

하고 손을 내밀었다.

"그것이 그러지."

하고 아내는 돈 일 원과 약간의 은전 몇 푼을 갖다 쥐여주며,

"자, 미안하니 신이나 한 켤레 사신게."

하고 양천집의 손에 돈이 놓일 제, 그는 눈물이 젖은 얼굴이 반갑고 좋은 마음에 실룩실룩하고 떨리더니 마음이 적이 풀리어 인사를 하고 문밖으로 나갔다.